Abgetaucht und durchgespiegelt

Antonia Sandmann

AF578786

Abgetaucht und durchgespiegelt

Gayfantasy Romance

Antonia Sandmann

Impressum

1. Auflage 2024
ISBN: 978-3-9826491-1-5

(c) Antonia Sandmann – alle Rechte vorbehalten

Covergestaltung:
Antonia Sandmann
(unter Verwendung der Pexels-Grafik Nr. 3022456 / Fotograf: Thiago Matos)

Kontakt:
Antonia Sandmann
c/o Autorenbetreuung Caroline Minn
Kapellenstraße 3
54451 Irsch

Rechtliche Hinweise

Alle Rechte vorbehalten. Nachdruck, auch auszugsweise, nur mit schriftlicher Genehmigung der Autorin. Personen und Handlungen sind frei erfunden, etwaige Ähnlichkeiten mit real existierenden Personen sind rein zufällig und nicht beabsichtigt.

Jugendschutzhinweis:
Im realen Leben dürfen Erotik und sexuelle Handlungen jeder Art ausschließlich zwischen gleichberechtigten Partner*innen im gegenseitigen Einvernehmen stattfinden. In diesem Buch werden fiktive erotische Situationen und Fantasien geschildert, die in einigen Fällen weder den allgemeinen Moralvorstellungen, noch den Gesetzten der Realität folgen. Der Inhalt dieses Buches ist daher für Personen unter 16 Jahren nicht empfohlen.

Vorwort

Diese Geschichte ist 2023 im Rahmen eines Schreibwettbewerbs auf der Plattform Wattpad.com entstanden und hat es im Verlauf des Wettbewerbs bis auf die Longlist geschafft, worüber ich unheimlich stolz bin.
Dieser Wettbewerb unterlag ein paar Regeln. Z. B. musste das Manuskript innerhalb vorgegebener Fristen, in drei Etappen eingereicht werden: Nach 2.000 Wörtern, nach 8.000 Wörtern und der Rest (mindestens 20.000, maximal 40.000 Wörter). Abgeben bedeutete in diesem Fall, auf der Plattform hochladen und somit dort veröffentlichen. An den hochgeladenen Texten durfte dann nichts mehr verändert werden.
Zu Beginn musste man sich unter vorgegebenen Schreibvorschlägen einen heraussuchen, der in der Geschichte innerhalb der ersten 8.000 Wörter herausgearbeitet werden musste. Der von mir ausgewählte Schreibvorschlag war:
Wenn du einen Spiegel berührst, dann kräuselt sich die Oberfläche wie Wasser. Du tauchst hinein.
Für mich war dieser Wettbewerb der allererste, an dem ich teilgenommen habe und es war eine erstaunliche Erfahrung, unter Zeitdruck zu einem bestimmten Thema zu schreiben und das, während bereits Teile der Geschichte veröffentlicht wurden und es somit ›kein Zurück‹ mehr gab und nichts ausgebessert werden durfte.
Nach dem Wettbewerb habe ich die Geschichte überarbeitet. Stellen, die ›mit heißer Nadel gestrickt‹ waren, besser ausformuliert und insgesamt runder gemacht. Die Charaktere konnte ich an eini-

gen Stellen schärfer herausarbeiten und trockene Textstellen in lebhafte Dialoge umschreiben.
Nun bin ich der Meinung, dass die Geschichte, übrigens meine erste im Genre Fantasy, bereit ist, für die Leserschaft außerhalb einer geschlossenen Plattform.

Ich wünsche Dir, liebe*r Lesende*r viel Freude am Lesen und viel Spaß mit meinen Protagonisten.

Herzlichst
Antonia

Eines Nachts stolpert Chris und fällt in einen Spiegel. Statt zu zerbrechen, öffnet der Spiegel ein Portal und Chris fällt hindurch. Der smarte André staunt nicht schlecht, als Chris plötzlich in sein Schlafzimmer purzelt.
Durch ein Missgeschick landet dieser jedoch schneller wieder zu Hause, als ihm lieb ist. Sofort fühlt er sich unvollständig und ruhelos. Chris möchte zurück zu André, doch er weiß nicht wie. Er muss das Geheimnis der Portale lüften und begibt sich auf eine abenteuerliche Odyssee durch die Spiegel.
Schafft es Chris, zu André zurückzukehren? Und was hat der mysteriöse Barkeeper Mike mit all dem zu tun?

Kapitel 1

Poolblaue Augen

»Mensch Chris, jetzt hab ich mal einen freien Donnerstagabend und du kommst nicht in die Hufe.« Meine beste Freundin Kathrin, genannt Kati, sitzt fertig gestylt im Sessel in meinem Schlafzimmer und schaut mich an, während ihre Pupillen fast die Zimmerdecke berühren, so genervt ist sie.

»Drängel doch nicht so. Wir kommen noch früh genug in den Club und wir haben morgen beide einen freien Tag. Du musst nicht schon vor den Hühnern aufstehen und die Pferde füttern. Ich glaub, deine edlen Zuchtrösser sind froh, wenn sie auch mal ausschlafen können.« Ich drehe und wende mich vor dem Spiegel und wechsle noch einmal das Hemd.

Kati ist Pferdezüchterin, hat ihr eigenes Gestüt und bildet Sportpferde aus. Da viel körperliche Arbeit dahintersteckt, ist sie oft abends nicht mehr in der Stimmung noch auszugehen. Den Donnerstagabend haben wir daher für uns reserviert und heute haben wir beschlossen, seit langer Zeit mal wieder in unserem Lieblingsclub tanzen zu gehen.

»Kann ich das so anziehen?« Ich bin immer noch skeptisch, ob mir das neue knallrote Hemd zu den dunkelbraunen Haaren wirklich steht. Aber vielleicht bin ich da einfach zu pingelig.

»Jahaa. Mensch Chris, du bist fünfundzwanzig. So langsam solltest du wissen, was du anziehen kannst und was nicht.« Kati steht auf und klopft mir so fest auf die Schulter, dass ich gegen den Spiegel stolpere und mich abstützen muss.

»Hey, nicht so fest! Wenn ich den von der Wand reiße und er zerbricht, hab ich sieben Jahre Pech!« Ich bin eigentlich nicht abergläubisch, aber ich versuche trotzdem, so entrüstet wie möglich zu schauen.

»Mehr Pech als jetzt geht nicht. Also, komm jetzt!«

»Du hättest Motivationstrainerin werden sollen.« Ich seufze genervt. »Es waren doch nur ein paar kleinere Missgeschicke in der letzten Zeit.«

Drei Stunden später hänge ich wie ein Schluck Wasser in der Kurve in einer Ecke an der Theke des Clubs und versuche erfolglos, den Presslufthammer in meinem Kopf zu ignorieren, der gerade Vollgas gibt. Irgendwann zwischen dem zweiten Cocktail und dem Einsetzen eines wummernden Beats meinte mein Kopf, mitmischen zu wollen, und hat den Presslufthammer ins Rennen geschickt.

Kati ist noch auf der Tanzfläche. Sie hatte mal wieder Glück und sofort einen Typen aufgerissen, während für mich nicht mal ansatzweise ein Leckerbissen dabei war. Bin ich wirklich so wählerisch? Mit einem tiefen Seufzen ergebe ich mich und trommle unruhig mit den Fingerspitzen auf der Theke herum.

»Hey, du siehst beschissen aus. Kann ich irgendetwas für dich tun?«, fragt da plötzlich eine tiefe Stimme an meinem Ohr.

Ich drehe mich herum und blicke in die faszinierend schillernden Augen des Barkeepers, mit dem ich mich vorhin schon eine Weile unterhalten habe und der nun neben mir steht. »Ähm,... ach, ich hab nur hämmernde Kopfschmerzen. Vielleicht nehme ich noch ein Wasser, bevor ich mich auf den Heimweg mache.«

»Ich bin Mike. Du bist mir schon öfter aufgefallen. Hier, nimm das, dann gehts dir gleich besser.« Er streckt mir seine rechte Hand hin, in der er ein Blister mit weißen Tabletten hält.

»Chris. Danke, aber ich nehme keine Drogen.«

»Sind nur Kopfschmerztabletten. Wasser bringe ich dir gleich.« Er drückt mir den Blister in die Hand und schaut mich abwartend an.

»Darfst du mir überhaupt so etwas geben?« Nur langsam schaffe ich es, den Blick von ihm abzuwenden, um nachzusehen, was er mir da gegeben hat.

»Nicht offiziell, nein. Aber ich habe gerade Pause. Im Dienst, wenn ich hinter der Theke stehe, darf ich dir natürlich keine Medikamente geben. Nicht einmal etwas gegen Kopfschmerzen.« Er zwinkert und verschwindet wieder hinter dem riesigen schwarzen Tresen. »Ich hoffe, sie helfen dir schnell. Wäre schade, wenn du jetzt schon den Heimweg antreten müsstest.«

Irritiert schaue ich mir die Rückseite des Blisters an. Zwei Tabletten fehlen schon. ›Mirrodolor‹ steht hier. Und ‚Benzodiazepin mit analgetisierender Wirkung'. Gibt es so etwas überhaupt? Benzodiazepin und Analgetikum gleichzeitig? Ich bin kein Mediziner, aber so ganz wohl ist mir nicht. Ich weiß nur, dass das eine Muskeln lockert und das andere gegen Schmerzen hilft. Erstes musste ich einmal bei einer länger dauernden Muskelverhärtung einnehmen, sonst hätte es mich wahrscheinlich gar nicht stutzig gemacht. Ich schaue hoch, als Mike mir ein Glas Wasser vor die Nase stellt. In diesem Moment startet der Presslufthammer einen neuen Angriff. Scheiß drauf. Ich überlege nicht mehr, drücke mir eine Tablette heraus und nehme sie.

Mike zwinkert erneut und lächelt, und mir fallen schon wieder seine Augen auf. Leuchtend blau, wie ein Pool mit Unterwasserstrahlern. Und dabei irgendwie leicht transparent. So etwas habe ich noch nie gesehen.

»Sag mal, sind das Kontaktlinsen?«, will ich wissen, doch bevor er antworten kann, klebt Kati an mir.

»Hey Chris, was ist denn mit dir los?«

»Kopfschmerzen. Mike hier« Ich wedele mit der Hand in Richtung Barkeeper, »Mike hat mir eine Tablette gegeben. Aber mir ist auch unheimlich schwindelig. Wärst du mir böse, wenn ich mir ein Taxi rufe und heimfahre?«, frage ich meine beste Freundin und hoffe in diesem Moment, dass es wirklich nur ein Medikament gegen Kopfschmerzen war und nicht doch irgendein Drogencocktail.

Kati kneift die Augen zusammen und verzieht die Mundwinkel. »Soll ich nicht besser mitkommen? Du bist ganz schön blass um die Nase.«

»Nee, geht schon. Genieß du deinen freien Abend und amüsier dich noch ein bisschen.« Ich nicke in Richtung des groß gewachsenen Typen, der sich gerade von hinten an sie schmiegt und genau in ihr Beuteschema passt.

»Das ist Steven. Steven, mein bester Freund Chris.«

Katis Eroberung zerquetscht mir zur Begrüßung fast die Hand und lächelt freundlich. Aber ich lasse mich davon nicht beirren. »Freut mich, Steven. Hör zu, ich machs kurz: Du machst einen sympathischen Eindruck. Solltest du Kati das Herz brechen, brech ich dir auch was, auch wenn ich nicht so aussehe, als ob ich das könnte.« Ich versuche, den grimmigsten Gesichtsausdruck aufzusetzen, den ich im Repertoire habe, was Kati eine sehr weit nach oben gezogene Augenbraue entlockt und Steven lacht laut und beinahe herzerfrischend, als hätte ich gerade den Witz des Jahrhunderts erzählt. Schön, dass er mich auf Anhieb ernst nimmt.

»Okay, ich gehe schon mal vor die Tür. Vielleicht habe ich Glück und bekomme direkt ein Taxi. Schickst du mir eine Nachricht, wenn du später gut zu Hause angekommen bist?« Ich drücke Kati an mich und schiele Richtung ihres Begleiters, während der Presslufthammer noch ein bisschen an Tempo zulegt.

»Klar. Du aber auch!« Sie schwenkt ihr Handy zur Verdeutlichung, dass ich mich auch wirklich melden soll. »Gute Besserung.«

»Danke«. Ich lasse meinen Blick zur Theke schweifen und will mich von Mike verabschieden, doch ich kann ihn nicht sehen. Blöd, aber dann ist das jetzt so. Da nun auch der Schwindel zunimmt, will ich schnellstmöglich hier raus, doch diese Augen gehen mir einfach nicht aus dem Sinn.

Kapitel 2

Zauberspiegeltrick

Es ist ein Uhr nachts und ich bin hellwach. Vor ungefähr einer Stunde hat mich das Taxi zu Hause abgeliefert. Ich habe mich in voller Montur auf mein Bett fallenlassen und etwas gedöst. Ein Wunder, dass ich nicht sofort in einen Tiefschlaf katapultiert wurde.

Die Kopfschmerzen sind mittlerweile völlig verschwunden, doch nun stehe ich leicht verloren im Schlafzimmer vor dem Spiegel und habe meine melancholischen fünf Minuten. Toll, so eine depressive Stimmung hat mir jetzt noch gefehlt.

Kati hängt immer noch mit ihrem Fang im Club. Gerade hat sie mir eine total überdrehte Nachricht geschickt.

Warum gehe ich eigentlich ständig leer aus? Ich finde mich selbst gar nicht mal so übel. Ich bin eins sechsundachtzig groß, nicht hässlich und versuche regelmäßig, im Fitnessstudio zu trainieren, was mir auch ganz gut gelingt. Gut, meine Frisur ist ein einziges Chaos und eigentlich sehe ich immer aus, als wäre ich gerade aufgestanden, aber es soll ja Typen geben, die auf so einen Look stehen. Nur bei mir hat sich noch keiner von denen gemeldet. Klar, es zählen die inneren Werte, aber seien wir doch mal ehrlich: Den ersten Eindruck möchte man nicht vermasseln. Wenn ich gut aussehe, fühle ich mich wohl und habe ein entsprechend positives Auftreten. Auch wenn ich selbst von einem potentiellen ›Fang‹ nichts Ausgefallenes erwarte. Natürlich habe ich gegen ein attraktives Äußeres nichts einzuwenden. Das Auge isst bekanntlich mit. Doch mein zukünftiger Partner sollte nett, höflich und witzig sein und ein bisschen was auf dem Kasten haben. Und es ist mir wichtig, auf einer Wellenlänge zu liegen. Sonst geht es mir so wie mit meinem Exfreund. Der Spruch ‚Gegensätze ziehen sich an', ist Bullshit. Das kann ich jetzt mit Überzeugung sagen.

Eine Art Seelenverwandten zu finden, wäre schön. Bei diesem Gedanken wird mir plötzlich wieder schwindlig. Ich schaffe es gerade noch, mich am Rand des Spiegels festzuhalten. Puh, was ist denn heute nur los?

Mit einem Mal fühlt sich mein Daumen eiskalt an. Als ich hinschaue, bleibt mir fast das Herz stehen. Ach. Du. Scheiße. Meine Hand ruht auf dem Rahmen, aber mein Daumen liegt auf der Spiegelfläche. Also, er lag zumindest dort. Aber anstelle der festen Oberfläche kräuselt sich die Spiegelfläche an dieser Stelle wie Wasser, und mein Daumen ragt hinein, als würde ich ihn in mein Badewasser tauchen, um die Temperatur zu prüfen.

Ich starre wie gebannt auf meinen Daumen und schiebe ihn vor und zurück. Vor und zurück. Faszinierend.

Auf einmal packt mich die Panik und ich ziehe ihn so schnell wieder heraus, als hätte er eine heiße Herdplatte berührt. Ich werfe irritiert einen Blick hinter den Rahmen, während ich meinen Daumen wieder eintauche. Nichts zu sehen. Aber wohin verschwindet er? Ist das ein Traum?

Ich stelle mich vor den Spiegel und starre hinein. Probiere einen der anderen Finger aus. Auch als ich mit dem Zeigefinger den Spiegel berühre, kräuselt sich die Oberfläche, der Finger taucht ein und wird eiskalt. Das kann doch nur ein schlechter Zaubertrick sein. Wer zur Hölle hat sich das ausgedacht? War die Tablette am Ende doch eine Droge und ich bin jetzt auf einem Trip? Wenn Kati dahintersteckt, ist sie fällig. Aber sowas von! Was ist das nur für ein kranker Scheiß? Ich habe mir keinen Zauberer gewünscht, der mich nachts mit einem blöden Zauberspiegeltrick verarscht, sondern einen Seelenverwandten, einen Partner.

Plötzlich dreht sich wieder alles und ich schwanke. Diesmal kann ich mich nicht mehr halten und falle. Instinktiv presse ich die Augen zusammen. Ich erwarte, mitten in den Spiegel zu krachen und diesen von der Wand zu reißen. Ich ziehe instinktiv die Arme hoch. Doch ich falle in den Spiegel hinein und mir wird eiskalt.

Kapitel 3

Gummibärchenfreund

»Aua!« Ich reibe mir den schmerzhaft pochenden Hinterkopf. Um mich herum ist absolute Stille. Ich öffne vorsichtig die Augen und muss feststellen, dass das nicht meine Schlafzimmerdecke ist, an die ich schaue. Es ist keiner der Räume in meiner Wohnung. Beim Versuch, die Gliedmaße zu sortieren, damit ich mich besser umschauen kann, beugt sich jemand mit einem erhobenen Baseballschläger über mich. Scheiße. Wo bin ich?

In Sekundenbruchteilen entscheidet sich mein Verstand gegen eine Flucht in diesem völlig fremden Terrain.

Mein Instinkt übernimmt die Führung.

Ich reiße die Arme vor mein Gesicht und versuche es mit Totstellen.

Als weiterhin Stille herrscht und nichts passiert, lupfe ich ganz langsam wieder meine Lider und schaue zwischen meinen Armen hindurch nach oben. Vergessen sind die faszinierenden Augen des Barkeepers.

Die aufgerissenen Augen, die mich jetzt mustern, sind frühlingswiesengrün. Sooooo herrlich grün.

Es vergehen gefühlt Minuten, in denen wir uns nur anstarren und ich warte auf eine Regung meines Gegenübers. Ich hoffe inständig, dass der immer noch drohend über mir schwebende Schläger nicht zum Einsatz kommt.

Solche tollen Augen können nicht zu einem bösen Menschen gehören, der mit Baseballschlägern wehrlose Leute verhaut, die aus Spiegeln fallen. Oder?

In diesem Moment fährt ein scharfer Schmerz durch meine linke Brustwarze. »Au!« Der Sack hat mir tatsächlich in die Brustwarze gezwickt, ohne dass ich überhaupt bemerkt habe, dass er sich bewegt hat. »Ey, was soll das?«

»Wer bist du denn? Oder was? Und wie kommst du in mein Schlafzimmer?« Die gemeine Frühlingswiese stellt gute Fragen.

Ich setze mich vorsichtig auf, knie mich hin und schaue mich um. Ich befinde mich in einem modern eingerichteten Schlafzimmer mit einem großen weißen Bett, an dem ich mir anscheinend den Kopf gestoßen habe.

Alles ist in Blautönen gehalten und hinter mir erstreckt sich ein großer rahmenloser und bodentiefer Spiegel, der flach an der Wand angebracht ist.

»Bin ich gerade aus deinem Spiegel gefallen?« Mein Gehirn versucht noch, sich auf alles einen Reim zu machen.

»Könnte man so sagen,... ja.«

Ich werde von seiner angenehm tiefen Stimme regelrecht umhüllt.

»Sind wir hier in Deutschland?«

»Ja, in Frankfurt.« Der Brustwarzenzwicker mit den Frühlingswiesenaugen grinst und hat anscheinend beschlossen, dass ich harmlos bin. Er stellt den Baseballschläger weg und greift sich eine Tüte Gummibärchen vom Nachttisch. Er steckt sich eins in den Mund und schaut mich nun nicht mehr so erschrocken, aber sehr neugierig an.

Nachdem ich es geschafft habe, mich erneut von diesen einzigartigen Augen zu lösen, kann ich aufstehen und mein Gegenüber genauer ansehen.

Vor mir steht ein Mann, der nur unwesentlich größer ist, als ich. Er hat mittelblonde, kurze Haare, die sich oben etwas kringeln, einen Sidecut und einen attraktiven Dreitagebart. Seine schlanke Statur wird von einem engen, weißen Shirt und einer dunkelblauen Pyjamahose verhüllt.

Mein Körper vibriert mit einem Mal, als stünde ich auf einer Rüttelplatte. Zumindest fühlt es sich so an. Sofort fühle ich mich zu diesem Mann hingezogen. Ich kann mir nicht erklären, woher diese regelrecht instinktive Anziehung herkommt. Und obwohl mir dieses unerwartete, aber sehr intensive Gefühl Angst machen sollte, fühle ich mich überaus wohl, behaglich und geerdet. Ein bisschen mulmig ist mir trotzdem und ich versuche, die Situation schnell in den Griff zu bekommen.

»Ich bin Chris. Ähm. Und soweit ich weiß, bin ich ein Mensch. Auch wenn ich gerade aus deinem Spiegel gefallen bin.« Ich wische mir die Hände an meiner Jeans ab und bemerke, dass ich immer noch mein Club-Outfit trage. Gut. Sehr gut. So mache ich wenigstens einen anständigen Eindruck. »Ich bin gerade mächtig überfordert. Ich habe keine Ahnung, was passiert ist und wie ich das gemacht habe. Oder warum. Mir war schwindlig und ich bin plötzlich in meinen Spiegel gefallen. Aber ich habe keinen blassen Schimmer, was mit mir passiert ist und wieso ich ausgerechnet bei dir rausgefallen bin. Und Frankfurt ist gut. Ich wohne auch in Frankfurt.« Ich räuspere mich. »Sorry. Ich plappere.«

»Kein Problem. Ich bin André.« Er hält mir seine nach oben geöffnete Hand hin. »Gummibärchen?«

»Ähm, gerne. Aber ich esse nur die grünen.«

Andrés linke Augenbraue wandert immer weiter nach oben. »Du Freak.«

Ich muss lauthals loslachen, doch André wird ernst. »Ich habe mir gerade jemanden gewünscht, mit dem ich meine Gummibärchen teilen kann und dann fällst du aus dem Spiegel.« Erneut schaut er mich abschätzend an. »Dabei habe ich nicht einmal an einer Lampe gerieben.« Andrés Mundwinkel verziehen sich leicht nach oben. »Und damit das klar ist: Die roten Bären gehören mir!«

Ich zucke mit den Schultern. »Okay. Damit kann ich leben.«

André lächelt und mir wird warm ums Herz. »Was hast du gemacht, bevor du durch meinen Spiegel kamst?«

»In einer Lampe gesessen.« Ich grinse. »Nein, quatsch. Ich habe in meinem Schlafzimmer vor dem Spiegel gestanden und nachgedacht.«

»Über was?«

»Neugierig bist du gar nicht, oder?«

»Nö. Nie.« Er grinst zurück.

»Und jetzt stehen wir hier und grinsen uns an.«

»Wir können auch im Sitzen grinsen.« Er weist auf sein Bett.

Ich rolle mit den Augen, setze mich aber mit dem Rücken zum Spiegel im Schneidersitz auf das Fußende, während er sich an das Kopfende seines Bettes lehnt und die Füße ausstreckt.

»Ich war mit meiner besten Freundin Kati in einem Club, bin aber frühzeitig nach Hause aufgebrochen, weil ich heftige Kopfschmerzen bekommen habe. Zu Hause waren sie weg und ich hellwach. Ich habe dann noch eine Weile vor meinem Spiegel im Schlafzimmer gestanden und meinen Gedanken nachgehangen.«

»Gedanken an was?«, will er wissen.

Ich zögere kurz. Kann ich ihm die Wahrheit sagen oder lacht er mich dann aus? Aber er hat mir ja auch direkt verraten, dass er einen Gummibärchenfreund sucht. »Daran, dass es schön wäre, eine Art Seelenverwandten zu finden.« Ich schaue ihm in die Augen. »Oder wenigstens einen Freund.« Ich schlucke. »Meine beste Freundin findet immer irgendwie Anschluss und gestern Abend hat sie Steven kennengelernt. Er wirkt nett und es sah so aus, als wäre er ein Match. Und ich ...« Ich zucke wieder mit den Schultern und seufze. »Ach, vergiss es. Ich will dich nicht mit meiner Weltuntergangsstimmung nerven. Erzähl mir lieber, warum du mitten in der Nacht Gummibärchen isst. Das ist schlecht für die Zähne.«

Diesmal rollt er mit den Augen und beißt demonstrativ auf ein Gummibärchen. »Bist du Zahnarzt, oder was?«

»Gott bewahre. Ich hasse Zahnärzte. Deswegen nehme ich das mit der Zahngesundheit so genau. Ich will denen keinen Grund liefern, bohren zu müssen.« Bei der Vorstellung daran muss ich mich unwillkürlich schütteln.

»Und was machst du nun? Beruflich, meine ich.« André schaut mich mit schief gelegtem Kopf an.

»Ich bin Bauplaner. Ich habe mich letztes Jahr mit ein paar Kollegen selbständig gemacht und es läuft besser als gedacht. Wenn ich Glück habe, bekommen wir in Kürze den Auftrag für das neue Ärztehaus in der Innenstadt.«

In diesem Moment vibriert sein Handy auf dem Nachttisch, doch André ignoriert es und schaut mich weiter an. Sehr sympathischer Zug.

Mein Blick streift den daneben stehenden Wecker. »Wow, schon gleich vier?«

Er schenkt mir ein hinreißendes Lächeln und in meinem Inneren breitet sich ein aufregendes Kribbeln aus.

»Mit dir vergeht die Zeit wie im Flug. Noch ein Gummibärchen?« André schnappt sich ein grünes und wirft es mir zu.

Ich versuche, es mit dem Mund aufzufangen, doch dabei kippe ich nach hinten weg und purzele rückwärts vom Bett. Wahrscheinlich stehe ich viel zu schnell auf, denn erneut werde ich von einem heftigen Schwindel gepackt. ‚Na super, wie zu Hause', denke ich, noch während ich in Andrés bodentiefen Spiegel stürze.

Kapitel 4

War es David Copperfield auch so kalt?

Ich muss später unbedingt in die Apotheke, um mir eine Salbe für die blauen Flecke zu besorgen. Aber zuerst muss ich zurück zu André. Ohne seine Anwesenheit fehlt mir sofort etwas. Etwas, dass ich weder begreifen, noch benennen kann. Ich stehe auf, wirbele auf dem Absatz herum und will mich postwendend wieder durch den Spiegel stürzen, als mich ein Gedanke aufhält: Was, wenn ich dieses Mal nicht bei André lande, sondern ... was weiß ich ... mitten auf der Startbahn des Flughafens? Oder ... bääääh, ... in der stinkigen Wohnung meiner Nachbarin von obendrüber. O Gott, ich muss mich direkt schütteln. Oder wäre es möglich, in irgendeiner Wüste herauszukommen? Und dann werde ich dort von Skarabäus-Käfern gefressen. Iiiiiiihhh. Sofort habe ich die entsprechende Szene aus einem Film vor Augen. Ich verdränge den Gedanken mit den ekligen Käfern schnell, seufze tief und setze mich wieder auf das Parkett vor dem Spiegel. Was ist das bloß für eine verkorkste Nacht?

Ich angle mein Handy vom Sessel und stelle fest, dass Kati eine Nachricht geschickt hat.

Sie ist gut zu Hause angekommen. Mit Steven. Was das heißt, kann ich mir lebhaft vorstellen.

Meine Augen rollen ganz von selbst eine Runde.

Also kann ich nicht mal mit ihr über diese ominöse Sache reden. Oder über André. Und jetzt?

Nachdem ich eine weitere Stunde vor dem Spiegel gesessen und erfolglos darüber nachgedacht habe, ob ich einfach so durch den Spiegel gehen soll und wenn ja, ob ich wirklich wieder in Andrés Schlafzimmer lande, beschließe ich, mich erst einmal frisch zu machen. Ich will ja auch gut riechen und einen guten Eindruck hinterlassen, wenn ich wieder bei ihm bin. Sonst rümpft der die Nase und schubst mich unverrichteter Dinge wieder in den Spiegel zurück. Danke für nichts. Nö nö.

Also ab unter die Dusche, frische Klamotten anziehen und vielleicht einen Happen essen. Irgendwas Nahrhafteres als Nüsschen im Club oder Gummibärchen in fremden Schlafzimmern.

Um zehn Uhr halte ich es nicht mehr aus. Jetzt ist André auch sicher wach. Er hat mir auf Anhieb gut gefallen und natürlich möchte ich bei der zweiten Begegnung einen guten Eindruck bei ihm hinterlassen. Ich habe meine schicke weiße Jeans an, meinen dunkelblauen Lieblingshoodie und dunkle Sneaker. Damit kann ich mich sehen lassen. Bei der Frisur ist nichts zu wollen, da sind Hopfen und Malz verloren.

Mein Bauchgefühl sagt mir, dass die Chemie zwischen André und mir stimmt, und ich kann nicht leugnen, dass mich dieser Mann sofort von sich eingenommen hat, mit seiner witzigen Art und attraktiv ist er obendrein.

Ich stelle mich vor den Spiegel und bin so nervös, dass ich mir, gefühlt im Minutentakt, die Handflächen an der Hose abwische. Vielleicht erst kurz prüfen, ob der Trick überhaupt noch klappt? Ich berühre sicherheitshalber die Spiegelfläche mit dem Zeigefinger. Nur mit dem Gesicht einzutauchen, traue ich mich nicht. Nachher bleibe ich so stecken und dann?

Uuuuuh, es klappt. Die Oberfläche kräuselt sich wieder wie Wasser und mein Finger verschwindet in der flüssig anmutenden Fläche. Eiseskälte zieht durch ihn hindurch. Es klappt also. Wie auch immer dieser Trick funktioniert.

Ich erinnere mich an eine Fernsehdokumentation, in der gezeigt wurde, wie David Copperfield, Mitte der Achtzigerjahre, durch die Chinesische Mauer gegangen ist. Ob dem wohl auch kalt war? Vielleicht hat der auch mit Spiegeln geübt.

»Okay. Bei drei.« Jetzt rede ich schon laut mit mir selbst, dabei will ich nur schnell zu André. »Drei«. Ich werfe mich todesmutig in den Spiegel.

Es scheppert. Dann folgt ein platschend-schmatzendes Geräusch, zeitgleich mit einem herzhaft gestöhnten Fluch.

Ich fühle mit geschlossenen Augen kurz in mich hinein. Mir tut nichts weh, und der Untergrund fühlt sich weich an. Komisch, aber weich. Hervorragend. Ich öffne die Augen.

»O Gott. Tut mir leid, tut mir leid. Das wollte ich nicht. Warte, ich helfe dir.« Ich rapple mich auf und steige eilig von dem Rücken des Typen, auf den ich augenscheinlich gefallen bin. Als ich einen Schritt zurücktrete und ihm die Hand hinstrecke, um ihm aufzuhelfen, erkenne ich das ganze Ausmaß, das mein Sturz angerichtet hat.

So wie es aussieht, ist der Kerl dabei, seine Wohnung zu streichen. Allerdings liegt der offene Farbeimer auf der Seite und ein ockerfarbener Strom ergießt sich über den Fußboden und fließt in stetigem Tempo auf den am Boden liegenden Mann zu.

Wer bitte streicht seine Wände ocker?

»Ey, Alter, was soll das? Wie kommst du hier rein?« Der fremde Kerl steht zügig auf, geht sofort in Angriffshaltung und lässt mich dabei nicht aus den Augen.

»I-ich ähm. Ich wollte doch bloß zu André«, stottere ich und suche hektisch einen Spiegel.

»Ich bin André.« Seine Stimme gleicht einem Donnergrollen in den Bergen.

Boah, ist der groß. Und mächtig sauer. Wobei ich das sicher auch wäre, wenn nicht nur meine Wände, sondern auch der Boden ockerfarben wäre.

»Ähm. Nö! D-du bist der falsche André.« Mist, Mist, Mist. Was mache ich denn jetzt? Ah, der Spiegel von Ocker-André ist direkt hinter mir.

»Ich geb dir gleich ‚falsch‘. Komm her, Bürschchen!« Der falsche André macht Anstalten, mich am Kragen zu packen, doch ich kann ausweichen und mich im letzten

Augenblick mit einem beherzten Sprung in den Spiegel retten. Verdammter Mist!

Dieses Mal komme ich mit einem eher mampfigen Platschen an, aber immerhin war die Landung wieder weich. Weich, warm und ... Iiiiiiigitt! Ich reiße meine Augen auf. Scheiße! Im wahrsten Sinne des Wortes! Ich sitze mitten auf einem Misthaufen. Na ja, es hätte mich wahrscheinlich schlimmer treffen können. Ich hätte auch in einem Hundehaufen ankommen können. Das wäre dann mal so richtig obereklig gewesen. Ich will tief einatmen, besinne mich aber in letzter Sekunde eines Besseren und schaue mich um, dankbar, dass ich nicht in Hundescheiße gelandet bin. Direkt hinter dem Misthaufen steht ein LKW, auf dessen Laderampe ein großer Spiegel festgezurrt ist. Aha. Daher weht der Wind. Musste dieser blöde Laster direkt am Misthaufen parken? Fünf Meter weiter wäre ein Stück Wiese gewesen.

Meine Gedanken werden von lauten, forschen Stiefeltritten unterbrochen.

»Chris?«

Kapitel 5

Misthaufen und Spitzenhöschen

»Chris! Hey, Chris!«

Oh, oh. Ich kenne dieses liebliche Stimmchen. Von allen Misthaufen dieser Welt musste es ausgerechnet dieser sein? Wenn mich demnächst jemand nach meinen Hobbys fragt, kann ich ab sofort Augenrollen und tiefes Seufzen angeben. Ich versuche, mit hoch erhobenem Haupt und so würdevoll wie möglich, aus dem Pferdemist herauszusteigen.

»Hey Chris, was zur Hölle machst du auf dem Misthaufen?« Kati steht vor mir, die Hände in die Seiten gestützt und mustert mich von oben bis unten. Mit gerümpfter Nase.

»Waaas? Jetzt guck nicht so. Du stehst täglich im Mist!«

»Ich miste Boxen aus. Ich bade nicht im Misthaufen. Aber wenn es dich glücklich macht, dort zu sitzen, darfst du gerne täglich herkommen. Glaub nur nicht, dass ich dich dann noch ins Haus lasse.« Jetzt kann sie ein Kichern nicht mehr unterdrücken, und dann prusten wir beide los.

Ich habe einen richtigen Lachflash und es dauert ein paar Minuten, bis ich mich wieder einkriege.

»Wieso sitzt du hier im Mist und wieso hast du mir nicht gesagt, dass du herkommst? Sind Deine Kopfschmerzen weg?«

»Erzähle ich dir später. Lange Geschichte.« Ich zeige auf den LKW. »Was machst du denn mit dem Spiegel?«

»Der ist für die Reithalle. Zum Beispiel dafür, dass die Reiter ihren Sitz kontrollieren können. Eigentlich sollte er schon längst angebracht sein.«

»Aha.«

»Komm, du Held, wir gehen dich abduschen.«

»Wir?« Meine Stimme quietscht bedenklich, denn ich ahne, dass Kati es ernst meint.

»Das war kein Spaß vorhin, als ich sagte, dass ich dich so nicht ins Haus lasse.« Kati wedelt mit ihrer Hand in meine Richtung. »War das eigentlich deine neue weiße Jeans?«

»Ja. War sie.« Ich seufze. »Jetzt ist sie weder neu noch weiß. Und vermutlich wird sie es auch nicht mehr.«

»Komm mit, ich spritz dich schnell in der Waschbox ab.« Kati besitzt noch die Dreistigkeit, mir zuzuzwinkern. »Ich mache auch die Wärmelampen an, damit du nicht frierst. Danach kannst du nochmal im Haus duschen. Ich leihe dir auch meinen kuschligen Jogginganzug.«

Drei Minuten später schäle ich mich in der Waschbox des Stalls aus meiner ekelhaft mit Mist verschmierten Kleidung, während Kati den Schlauch nimmt und den Wasserstrahl auf mich und die Klamotten richtet.

»Aaaaaaaaaaaah... Katiii!« Ich hechle wie wild und bekomme kaum Luft, weil felsquellkaltes Wasser großflächig auf die bereits entblößten Hautstellen trifft und meine Atmung lähmt.

Katis Gesichtszüge wirken bizarr und verkrampft. Aus ihren Augenrändern quellen die ersten Tränen. Ich gebe ihr noch zwei Minuten. Dann wird sie vor Lachen explodieren.

Das ist eindeutig der demütigendste Moment meines Lebens.

Zehn Minuten später laufe ich wie ein begossener Pudel, eingewickelt in eine Abschwitzdecke von Sir James, dem Zuchthengst von Kati, ins Haus, um endlich heiß und ungestört duschen zu können. Wenigstens ist es die Decke von Sir James und nicht die von Opi, dem alten Wallach, der hier noch sein Gnadenbrot bekommt. Andere würden wohl keinen Gedanken an den eigentlichen Träger der Decke verschwenden, doch meinem Ego tut das in dieser Situation gut.

Kati wäre nicht Kati, wenn sie mir nicht noch ermutigende Worte über den Hof hinterherschreien würde. »Du kannst dir meinen Jogginganzug aus dem Schlafzimmer holen. Liegt im Schrank. Aber wehe, du nimmst eins meiner Spitzenhöschen!«

Dreißig Minuten später habe ich die Erniedrigung und Demütigung des Misthaufendesasters heiß abgeduscht und sitze in einem pinkfarbenen, samtigen, etwas zu kurzen Jogginganzug, der nach ‚Wäschewunder frühlingsfrisch' duftet, mit Kati auf dem Sofa und gebe ihr einen Abriss meines Spiegelabenteuers.

Ihre Augen werden immer größer. Zwischendurch verschluckt sie sich immer mal am Kaffee, stellt aber kaum Zwischenfragen.

So kenne ich sie gar nicht, daher beginne ich mit den Fingern nervös an einem Kissen herum zu knibbeln. »Kati? Sag was!«

Kati schaut mich durchdringend an, kneift immer mal die Augen zusammen, macht den Mund auf, seufzt, macht ihn wieder zu und nippt am Kaffee. Dann holt sie tief Luft und meint »beweis es!«

»Kati.« Tiefes Seufzen meinerseits. »Reicht es nicht, dass ich durch den blöden Reithallenspiegel in deinen Misthaufen gefallen bin? Ich will eigentlich nur noch nach Hause.«

»Dann geh doch! Da ist ein Spiegel!« Sie zeigt auffordernd zum Spiegel an der Flurgarderobe.

»Was, wenn ich wieder sonstwo rauskomme? Ich weiß nicht, wie ich nach Hause kommen soll«, jammere ich.

»Beim ersten Mal hat es doch auch geklappt. Bei Ich-esse-aber-nur-die-roten-Gummibärchen-André. Also los. Ab nach Hause!« Kati gibt mir einen Klaps auf den Po. »Ruf mich sofort an, wenn du gelandet bist. Das kann ja nur Minuten dauern. Und wenn du irgendwo anders rauskommst, hole ich dich ab.«

Ich ergebe mich meinem Schicksal und hoffe, dass ich in diesem peinlichen Jogginganzug nicht in einer öffentlichen

Einrichtung, sondern zu Hause rauskomme. Am liebsten direkt in meinem Bett. Ich bin fix und fertig. Ich drücke Kati einen Kuss auf die Wange, prüfe mit dem Finger, ob die Spiegeloberfläche wieder Wellen schlägt, schließe meine Augen und steige dann hindurch, als würde ich durch einen Vorhang schreiten.

Ich stehe.

Kein Platschen.

Kein ekelhafter Geruch.

Stille.

Ganz langsam öffne ich mein rechtes Auge. Dann das linke. Ich kann es kaum glauben. Ich stehe wirklich und wahrhaftig in meinem Schlafzimmer. Nur wenige Zentimeter von meinem Bett entfernt. Oh. Mein. Gott. Danke! Vollkommen k. o. und total erleichtert lasse ich mich auf mein Kissen fallen.

In diesem Moment klingelt auch schon mein Handy.

»Du solltest doch anrufen!«, meckert Kati empört, als ich den Anruf annehme. »Und jetzt sag nicht, da war ne Schlange am Gepäckband!«

Augenrollen, die Siebenhundertfünfzigste. »Nein Kati. Keine Schlange am Gepäckband und ich musste auch nicht zum Zoll. Ich habe mich nur so gefreut, dass ich tatsächlich zu Hause angekommen bin, dass ich mich erstmal setzen musste.«

»Siehst du. Du musst nur wollen. Dann geht das auch.«

»Ist gut, Kati. Wenn du das sagst.«

»Sei nicht gleich so genervt. Schlaf eine Runde, dann rufst du mich heute Abend wieder an und dann überlegen wir gemeinsam, wie wir im Projekt ‚Gummibärchen für André' weiterverfahren. Und wehe, du gehst bis dahin auch nur in die Nähe eines Spiegels. Halte dich von den Dingern fern. Versprich mir das!«

»Okay, Kati. Versprochen. Ich melde mich.« Nachdem ich aufgelegt habe, atme ich nochmal tief durch und schließe die Augen. Es dauert nur Minuten, bis die Müdigkeit ihren Tribut fordert.

Kapitel 6

Nein! Doch! Argh!

Ich schlafe tatsächlich bis zum späten Nachmittag. Bei einer Tasse Kaffee rufe ich Kati an und wir beratschlagen, was nun zu tun ist.

»Und du meinst wirklich, es hat was mit den Tabletten von Magic-Eyes-Mike zu tun?«

»Kati,... als ich mich am Freitag beim Umziehen am Spiegel abgestützt habe, ging das noch nicht. Und als ich nachts vorm Spiegel gestanden hab, bin ich plötzlich durchgefallen.«

»Aber wir sind hier doch nicht im Film, wo irgendwelche Magier dir Zaubertränke verabreichen.«

»Ach, und in welchem Film bin ich dann, dass ich durch Spiegel gehen kann?«

»Touché. Also los. Frag Mike.«

»Kommst du nicht mit?«

»Nein, ich muss morgen wieder früh raus.«

»Man könnte glatt meinen, du bist nicht die Chefin, sondern eine einfache Angestellte.«

»Elli fährt morgen auf ihr erstes Turnier und ich hab versprochen, mitzufahren. Los. Zieh dich an und dann gehst du und fühlst Mr. Barkeeper auf den Zahn. Und wehe, du kommst nicht mit zufriedenstellenden Antworten zurück.«

Um zehn komme ich im Club an. Nicht, dass ich zu Hause nicht schon auf heißen Kohlen gesessen hätte, aber ich wollte trotzdem nicht der Erste in der Schlange sein, wenn die Türen geöffnet werden.

Die Tanzflächen sind gut gefüllt, doch an der langen Theke ist nur mäßig Betrieb.

»Hey, lange nicht gesehen.« Mike stellt mir die Cola auf den Tresen, die ich gerade bei seinem Kollegen geordert habe.

Ich bin mit den Gedanken so neben der Spur, dass ich ihn überhaupt nicht bemerkt habe. Als ich den Kopf hebe und ihn ansehe, grinst er.

»Na? Seit Freitagabend was Aufregendes erlebt?« Er schaut mir intensiv in die Augen und zwinkert.

Ich kneife die Augen etwas zusammen, um besser hinschauen zu können, aber ich habe das Gefühl, als könnte ich seinen Augenhintergrund sehen, so durchsichtig hellblau sind seine Augen selbst da, wo eigentlich die weiße Bindehaut zu sehen ist.

»Entweder hast du wahnsinnig coole Kontaktlinsen oder du bist ein Alien.«

»Alien?« Mike spuckt das Wort beinahe aus.

»Du weißt, was mir passiert ist, oder?« Wieder studiere ich jeden seiner Gesichtszüge genau. »Wer bist du?«

»Mike.«

Das Augenrollen wird nun langsam echt zur Gewohnheit bei mir. »Okay, ich präzisiere meine Frage: was bist du?«

»Kein Alien.« Er grinst schief.

»Mike! Was war das für eine Tablette, die du mir gestern gegeben hast? Hat die was mit den ‚aufregenden Erlebnissen' zu tun?« Ich male an der entsprechenden Stelle mit den Fingern Anführungszeichen in die Luft.

»Deine Kopfschmerzen waren weg, oder?«

»Ja. In dem Moment, als ich zu Hause war, gings mir deutlich besser.«

»Dann war es die richtige Tablette.«

»Mike! Ich habe gelesen, was hinten auf dem Blister stand.«

»Warum fragst du mich dann?«

»Weil es ein analgetisierendes Benzodiazepin nicht gibt.«

»Tut es doch. Du hast es doch genommen.«

»Nein, gibt es nicht!«

»Doch!«

»Nein!«

»Doch!«

»Aaaaah, sind wir hier bei Luis de Funès, oder was? Hör auf damit und sag mir, wer oder was du bist und erklär mir, warum ich neuerdings durch Spiegel falle.«

»Ich bin der Zauberer von Oz.«

»Nächster Versuch.«

»Der Hexenmeister?«

»Disney? Echt jetzt?« Ich ziehe meine Augenbraue nach oben und nehme einen Schluck Cola. »Obwohl,... immerhin gibt es eine Parallele mit dem Wasser und der wasserähnlichen Oberfläche der Spiegel.«

»Das ist cool, was?« Seine Mundwinkel zucken amüsiert, doch dann weicht das Grinsen aus seinem Gesicht und er seufzt tief, bevor er an das äußerste Ende des Tresens deutet. »Okay. Komm mit rüber in die Ecke. Da können wir ungestört reden.«

In der Ecke an der Theke ist es etwas leiser und vor allem steht hier niemand. Mike lehnt sich zu mir herüber und senkt seine Stimme. »Ich bin ein Portalmeister und die Tablette war ein kleines Hilfsmittel, das ich ausgewählten Personen geben kann, damit sie für kurze Zeit portieren können.«

»Ich bin echt im falschen Film, oder?« Ich greife nach meiner Cola und will mich erheben. Langsam reichen mir seine Spielchen.

Doch er hält mich am Handgelenk fest. »Bleib! Wenn hier einer im falschen Film ist, dann bin ich es.«

Und dann erzählt er mir, dass er einer von zwei verstoßenen Portalmeistern ist, die aufgrund eines Fluchs nicht mehr in ihre Parallelwelt zurückkönnen.

»Was ist das für ein Fluch?« Ich komme mir ein bisschen so vor wie bei Grimms Märchen, nur dieses Mal die abgefuckte Version.

»Es gibt eine Parallelwelt zu dieser, in der du lebst. Portalmeister können zwischen den Welten wechseln und in beiden gut leben. Dir das mit dem Fluch zu erklären, würde jetzt zu weit führen, aber ich komme dadurch nicht mehr in die Parallele zurück. Ich sitze hier fest«, erklärt mir Mike.

»Und der andere?«

»Der sitzt hier auch fest, aber ich weiß nicht, wo er sich aufhält. Wir haben uns zerstritten.«

»Und jetzt?«

»Ich dachte, dass ich mit ein bisschen Glück jemanden mittels der Tablette in die Parallelwelt schicken könnte, damit er Hilfe organisieren kann. Aber das funktioniert leider nicht. Mit diesem Wirkstoff kannst du anscheinend portieren, aber nicht in die andere Welt wechseln oder dort verweilen.«

Meine Augen werden immer größer und ich bin mir nicht sicher, ob ich alles verstehe oder überhaupt hören will.

Was, wenn morgen der Verfassungsschutz bei mir vor der Tür steht und weiß Gott was mit mir anstellt, weil ich zu viel weiß? Dürfen die Leute foltern, um Informationen zu bekommen?

Mike erklärt munter weiter. »Mit den Tabletten funktioniert das Portieren nur mit bestimmten Medien, zum Beispiel Wasser oder Spiegel oder Sand. Es kommt darauf an, welches davon du zuerst berührst, nachdem du die Tablette genommen hast. In deinem Fall war es der Spiegel. Und du brauchst zwingend dasselbe Medium auf der anderen Seite.

Du kannst zum Beispiel nicht von Spiegel zu Sand portieren.«

»Das heißt, wenn ich nackt in die Badewanne gestiegen wäre, wäre ich irgendwo in einer anderen vollen Badewanne genauso herausgekommen?« Mich schüttelt es bei diesem Gedanken und ich nehme mir vor, zukünftig immer genau darauf zu achten, ob ich angezogen bin, bevor ich in die Nähe eines Spiegels gehe.

»Möglich. Oder in einem See, oder einer Pfütze wenn sie groß genug wäre.«

»Aber woher weiß ich, wo ich herauskomme?«

»MIKE! Was wird das? Hältst du Kaffeekränzchen?«, schreit sein Kollege in diesem Moment, während er volle Gläserkisten balanciert und offensichtlich dringend Hilfe benötigt.

»Mist. Ich muss weitermachen. Komm einfach morgen Abend wieder hierher, okay?« Und damit dreht Mike sich um, um seinem Kollegen zu helfen, und verschwindet dann durch eine Tür, mit der Aufschrift ‚Lager'.

Ich sitze den Rest der Nacht in der Ecke am Tresen und lasse mir diese unglaubliche Story von Mike durch den Kopf gehen. Ich will auf ihn warten. Ich brauche dringend weitere Antworten!

Doch als das Licht im Club angeht und ich mit den letzten Gästen hinauskomplimentiert werde, ist Mike immer noch nicht wieder aufgetaucht.

Klar.

Der Herr Portalmeister hat sich wahrscheinlich ne Schippe Sand auf den Boden geworfen und ist darin verschwunden. Ganz klasse.

Das glaubt mir kein Mensch. Das glaube ich mir nicht mal selbst.

Kapitel 7

Timbuktu oder Nordsibirien?

Zu Hause begrüßt mich die ernüchternde Stille meiner Wohnung und ich wünschte, ich könnte einfach durch den Spiegel zu André springen. Ich fühle mich unruhig ohne ihn. Als hätte man ein Teil in ein Puzzle eingefügt und es direkt wieder entfernt. Wie kann man einen Menschen nach einem so kurzen ersten Treffen bereits dermaßen vermissen?

Er ist ein wahnsinnig toller Mann, interessant, sexy, humorvoll.

Mir fällt auf, dass wir uns in Bezug auf Gummibärchen unheimlich gut ergänzen und ich muss unwillkürlich lachen. Es ist das erste Mal, dass bei mir jemand einen solch tiefen Eindruck hinterlässt und ich mir sofort mehr vorstellen kann. Es war so vertraut bei André, als würden wir uns schon viel länger kennen.

Aber es ist nicht einfach, wieder zu ihm zurückzukommen, das habe ich gestern leidvoll erfahren müssen.

Mike hat mir gesagt, ich soll heute wieder in den Club kommen. Hoffentlich kann er mir dieses Mal sagen, wie ich herausbekomme, wo ich landen werde.

Nun ist es fast vier Uhr morgens. Ich kann zu dieser frühen Stunde sowieso nichts machen, und ehrlich gesagt bin ich auch hundemüde, daher ziehe ich mich aus und lege mich ins Bett. Ich kriege nicht mal mehr mit, wie mein Kopf das Kissen berührt.

Erst gegen zehn Uhr werde ich wieder munter. Na immerhin knapp sechs Stunden Schlaf am Stück. Beim Frühstück reicht die Milch nur noch für eine kleine Tasse Kaffee, was mir das erste Augenrollen des Tages entlockt. Blöd. Ich hole mir ein Stück Papier und schreibe sofort einen Einkaufszettel für morgen, damit ich es nicht vergesse.

Ich traue mich nicht so wirklich, nochmal durch einen meiner Spiegel zu gehen, da ich nicht weiß, wo ich landen werde. Kurzentschlossen ziehe ich meine Sportklamotten an und will eine Runde laufen gehen. Am Ende komme ich sonst wieder bei irgendeinem falschen André oder Weiß-der-Geier-wo heraus. Nö nö. Dann lieber joggen.

Den Einkaufszettel zwischen meinen zusammengepressten Lippen geklemmt, versuche ich, einen Pin aus der Pinnwand, die neben meinem mannshohen Spiegel im Flur hängt, zu lösen. Gleichzeitig angle ich nach meiner Laufjacke, die an der Garderobe auf der gegenüberliegenden Wand hängt. Wahrscheinlich sehe ich aus, wie ein Jongleur im Zirkus, der auf einem Bein stehend, mit den übrigen Gliedmaßen jeweils etwas anderes jongliert und selbst mit dem Mund noch Teller rotieren lässt.

Auf einmal habe ich nicht nur den Pin zwischen den Fingern, sondern der Rest der Pinnwand hängt gleich mit dran, da sie sich vom Haken gelöst hat.

Gott, wie unfähig kann man denn sein? Ich versuche eilig, meine Jacke loszuwerden und lasse dabei die Pinnwand fallen, dabei stoße ich etwas zu heftig an den nur angelehnten Spiegel. Ganz klasse, Chris. Ganz klasse. Hätte heute nicht Montag sein und ich einkaufen gehen können? Das ist mein letzter Gedanke, bevor der Spiegel sich der Schwerkraft beugt und über mich fällt.

Irgendwie praktisch ist es ja schon, dass ich mitten im Salat in der Gemüseabteilung eines Supermarkts lande, aber es wäre toll, wenn ich beim nächsten Mal stehend ankäme und nicht das Grünzeug plattsitzen müsste. Ich beglückwünsche mich, dass ich nicht schon wieder eine weiße Jeans anhabe, ahne aber, dass die Ankunft im Salat auch mit der Position des Spiegels zusammenhängt, der schräg über der Auslage angebracht ist.

Gott sei Dank stehen die Eierpaletten nicht unter einem Spiegel.

Bevor mich hier noch einer im Kopfsalat sitzen sieht, klettere ich schnell aus der Gemüseauslage und klopfe mir die Hose ab. Den Einkaufszettel noch zwischen die Lippen geklemmt und die Jacke in der Hand, sehe ich mich neugierig um.

Ein Blick auf die Preisschilder offenbart mir, dass ich mich noch in Deutschland befinde. Gut, also wenigstens nicht Timbuktu oder Nord-Sibirien. Es ist Sonntag. Welcher Supermarkt in Deutschland hat sonntags geöffnet?

Ich laufe in Richtung Ausgang.

Die gesamte Seite ist verglast, der Boden vor dem Schaufenster besteht aus grau gemustertem Marmor.

Im rechten Augenwinkel kann ich eine Rolltreppe ausmachen und Schilder auf denen dezente Hinweise zu verschiedenen Gates stehen. Oh.

Der Supermarkt im Flughafen.

Ich seufze tief. Ganz toll. Beim Durchsuchen der Taschen meiner Jacke und der Laufhose finde ich glücklicherweise noch einen zusammengefalteten Zwanzigeuroschein. Wo ich schon mal hier bin, kann ich ja auch einkaufen.

Wenig später stehe ich mit einer vollen Tüte eine Ebene weiter oben im Terminal und studiere die S-Bahn-Pläne.

Es gibt hier zwar jede Menge Spiegelflächen, aber hier ist auch ein Verkehr wie in London.

Ich kann doch schlecht mitten im Flughafenterminal durch einen Spiegel gehen. Mal ganz davon abgesehen, dass ich nicht weiß, ob ich wieder zu Hause lande oder bei den Affen im Zoo. Also stelle ich mich ungeduldig in die wartende Masse am Gleis und warte auf die richtige S-Bahn.

Zur Mittagszeit bin ich wieder zu Hause und muss erst einmal wieder den Spiegel aufstellen, der vorhin auf mich gefallen ist. Zum Glück ist er nicht kaputtgegangen, sondern wurde durch die Jacken an der Garderobe gebremst und hängt nun sehr windschief verkeilt quer im Flur.

Ich verstaue rasch den Einkauf und gehe tatsächlich noch joggen, verbringe den Nachmittag mit Grübeleien auf dem Sofa und freue mich, als es acht Uhr wird, und ich mich endlich fertigmachen kann für den Club.

Ich sitze kaum an der Theke, als Mike neben mir auftaucht. »Hey, ich hab kurzfristig frei und dachte, wir gehen zu mir und quatschen dort in Ruhe. Ist das okay für dich?«

»Klar, Hauptsache, wir werden heute nicht gestört und ich bekomme endlich ein paar Antworten.«

»Ach komm, so schlimm kann es noch nicht gewesen sein. Immerhin sitzt du hier und nicht im Spiegelsaal von Versailles.«

»Das wäre mir vermutlich lieber gewesen als der Misthaufen.« Meine Augen rollen ganz von allein, als sich meine Nasenschleimhaut an den Gestank erinnert.

»Okay, dann komm. Ich portiere uns zu mir«, spricht er, packt mich am Ellbogen und steuert mich an der Tanzfläche entlang zu einer Tür in einen Mitarbeiterbereich. Dort hängt in einem kleinen Spindraum ein Spiegel an der Wand.

»Bereit?«, will er wissen.

»Ja. Bereit. Muss ich mich an dir festhalten oder so?«

»Normal gilt: je mehr Körperkontakt, desto besser. Aber wenn du mit mir portierst reicht es, wenn du mir deine Hand gibst. Ich bin ein Meister!« Mister Bescheidenheit grinst, greift nach meiner Hand und geht, ohne zu zögern, durch den Spiegel.

Wow, denke ich, während ich auf unsere verbundenen Hände schauen, als Mike nur Zentimeter vor mir in der sich kräuselnden Oberfläche verschwindet und mich mitzieht. An die Eiseskälte beim Durchgang werde ich mich wohl in diesem Leben nicht mehr gewöhnen. Es fühlt sich an wie ein sekundenlanger Durchflug durch den sibirischen Luftraum. Ohne Flugzeug.

Als ich aus dem Gegenportal steige, stehe ich in einem großen, mit Deckenflutern sanft beleuchteten Raum, der an den beiden, über Eck verlaufenden Seiten von bodentiefen Panoramascheiben begrenzt wird. Draußen sieht man das nächtliche Frankfurt. Ich bin ein bisschen enttäuscht. Irgendwie hatte ich erwartet, dass der Portalmeister ... keine Ahnung ... in einer spektakulären Hütte auf dem Mount Everest wohnt,... oder so. Aber nicht in einem Wolkenkratzer in Frankfurts Europaviertel. Wobei die Aussicht aus dem Wohnzimmer hier auch extrem beeindruckend ist.

Mike lässt meine Hand los und läuft zu einer langen Küchenzeile am anderen Ende des Raumes.

Ich überlege kurz, ob man noch von ‚Küchenzeile' sprechen kann, wenn man dort einen Kochkurs mit mindestens sechs Personen abhalten könnte. Dann zieht mich der Ausblick über das nächtliche Panorama geradezu magisch an.

Es dauert einen kurzen Moment, bis mich mein Orientierungssinn aufklärt. »Du wohnst in einer verdammten

Penthousewohnung und arbeitest als Barkeeper? Was zur Hölle mache ich falsch?«

»Mir gehört nicht nur die Penthousewohnung, sondern auch die Immobilienfirma, der unter anderem dieses Gebäude gehört.« Mike zwinkert mir zu und ein schiefes Lächeln schleicht sich in sein Gesicht.

»Dir ... was?« Ich starre ihn ein paar Minuten an, während er entschuldigend mit den Schultern zuckt.

»Okay, ich will es gar nicht wissen.« Ich hebe meine Arme abwehrend nach oben. »Je weniger ich weiß, desto weniger kann ich für Informationen gefoltert werden.«

»Wer will dich foltern?«

»Noch keiner. Egal. Also erzähl mir was über das Spiegeldings«, bitte ich.

Kapitel 8

Fängt das schon wieder an?

»Kann ich dir etwas zum Trinken anbieten?«

»Was hast du?«

»Was willst du?«

»Fängt das schon wieder an?« Ich reibe mir leicht genervt mit der Hand über das Gesicht. Der Kerl macht mich fertig. »Gib mir einfach ein Wasser.«

»Mit Sprudel, ohne Sprudel, gekühlt?«

»Mike! Ich will nur ein einfaches Wasser ohne einen verdammten Fragebogen ausfüllen zu müssen!«

Mike schenkt mir einen Blick, der mit ‚ernsthaft?' übersetzt werden könnte, doch ich ignoriere das. Er stellt die Getränke auf den niedrigen Glastisch zwischen uns, setzt sich mir gegenüber auf einen Sessel und kneift sich mit Daumen und Zeigefinger in die Nasenwurzel. Dann folgt ein langer, intensiver Blick aus den poolblauen Augen. »Was willst du wissen?«

Ich werfe die Hände in die Luft und atme tief ein und aus. »Alles?« Ich schaue ihn auffordernd an. »Wieso ich? Wie lange geht das jetzt so? Und das Wichtigste: Woher weiß ich, wo ich ankomme, beziehungsweise wie komme ich an einen bestimmten Ort? Kann ich das steuern? Was passiert, wenn ein Spiegel zerbricht? Komme ich dann wieder zurück?« Ich rattere meine Fragen alle herunter, bis Mike mich unterbricht.

»Stopp. Das reicht erstmal.« Er wischt sich mit der Hand über das Gesicht. »Erzähl mir vorher noch etwas über deine Eltern«, bittet er.

Ich runzle die Stirn. Was haben meine Eltern hiermit zu tun? »Ich kann mich nicht an meine Eltern erinnern«, antworte ich ihm schulterzuckend. »Sie sind beide bei einem Unfall ums Leben gekommen, als ich zwei Jahre alt war. Ich bin bei Pflegeeltern aufgewachsen. Aber auch die sind vor drei Jahren kurz hintereinander gestorben.«

Mike kneift die Augen zusammen und mustert mich. Er scheint mit einem Mal tief in Gedanken versunken zu sein.

»Warum? Was tut das zur Sache?«

Er räuspert sich. »Du bist mir nicht unbekannt. Ich habe dich schon öfter im Club gesehen. Vor ein paar Wochen hatte ich jedoch ein komisches, seltsames Bauchgefühl. Sobald du den Raum betreten hattest, kribbelte alles in mir. Und als du dann vor ein paar Tagen wieder an der Theke gesessen hast, habe ich tief in mir deinen innigsten Wunsch gespürt und musste dir einfach helfen. Portalmeister können Wünsche wahrnehmen, doch das funktioniert nur bei besonderen Personen. Ich hatte lange keine solche Begegnung mehr, doch deine Kopfschmerzen waren wie ein Zeichen. Ich musste dir helfen. Ich konnte nicht anders.« Mike schaut mir tief in die Augen. »Hast du deinen Seelenverwandten gefunden?«

»Du meinst, du hast meinen Wunsch gespürt und wolltest mich zu meinem Seelenverwandten bringen?« Ich kann quasi hören, wie meine Kinnlade krachend auf dem Boden aufschlägt.

»Jein. Ja, ich habe deinen Wunsch wahrgenommen, aber es ist mir nicht erlaubt, dich zu deinem Seelenverwandten zu bringen, ich kann dir lediglich eine Möglichkeit geben, ihn selbst zu finden.«

»Aha.« Ich weiß nicht genau, was ich an dieser Stelle sagen soll, und warte einfach, bis Mike wieder anfängt zu reden, während meine kleinen grauen Zellen im Gehirn beginnen, zu rotieren. Ist André wirklich mein Seelenverwandter? Ich habe mich sofort bei ihm wohlgefühlt. Hatte das dringende Bedürfnis, ihm näherzukommen und das Gefühl, dass eine besondere Verbindung zwischen uns besteht, obwohl wir uns über Belanglosigkeiten unterhalten haben und uns erst ein paar Stunden kennen.

»Warte.« Ein Gedankenfetzen schiebt sich in den Vordergrund. Plötzlich wird mir heiß. Ich bin mir sicher, dass er sich nur versprochen hat. Oder ich habe es falsch verstanden. »Was hast du da eben gesagt? Bei wem kannst du Wünsche wahrnehmen?«

»Nur bei besonderen Personen.« Mike betrachtet in diesem Moment sehr interessiert die Wand hinter mir und räuspert sich. »Okay, pass auf. Gib mir etwas Zeit. Ich kann dir noch nichts Genaueres sagen.«

»Mike!« Alle meine Nackenhaare stellen sich auf. »Was meinst du mit besonderen Personen? Was macht mich besonders?«

»Vergiss es, Chris. Ich hätte noch nichts sagen sollen. Es ... Nein! Ich kann dir noch nichts Genaues sagen, also sage ich gar nichts.« Das Thema scheint für ihn erledigt zu sein, doch mein Gedankenkarussell dreht sich immer weiter und denkt gar nicht daran, anzuhalten.

Mike wendet sich am Ende des Raumes um und kommt wieder zu mir zurückgelaufen. »Wie ich schon gesagt habe, hält die Wirkung der Tablette nicht sehr lange. Ein paar Wochen. Spätestens nach drei Monaten ist der Spuk vorbei. Manchmal hält es auch nicht so lange. Daher solltest du dir mit fortschreitender Zeit gut überlegen, wohin du portierst.«

»Nach der siebten Woche keine Auslandsreisen mehr. Ist notiert.« Als würde ich durch meinen Spiegel in den Urlaub verschwinden. Ich verdrehe die Augen. Obwohl ... er bringt mich da echt auf Ideen.

»Hör auf, mit den Augen zu rollen. Achte einfach darauf, dass du notfalls selbständig von dem gewünschten Ort wieder wegkommen könntest. Wenn du genug Körperkontakt hast, kannst du beim Portieren auch jemanden mitnehmen. In deinem Fall würde ich mir das aber für Notfälle aufheben. So eine Aktion könnte die Wirkung der Tablette stark beeinflussen.«

»Okay.« Ich seufze. »Und jetzt das Wichtigste. Verrate mir endlich, wie ich steuern kann, wohin ich möchte.«

Mike grinst schief und ich bilde mir ein, dass seine Augen heller werden, als würden sie ein bisschen leuchten.

»Du musst dir genau vorstellen, wohin du möchtest oder es laut aufsagen. Je eindeutiger dein Wunsch, desto genauer funktioniert das Portieren. Wenn du zu mir sagst ‚ich muss jetzt nach Hause' und verschwindest dann durch den Spiegel, wirst du in irgendeinem Raum zu Hause ankommen. Wenn du sagst ‚ich muss jetzt dringend nach Hause in mein Bett', wirst du in deinem Schlafzimmer herauskommen. Sollte in deinem Schlafzimmer kein Spiegel sein, kommst du in dem Spiegel heraus, der dem Zielort am nächsten ist. Zum Beispiel im Bad. Wenn du sagst ‚ich will Mike besuchen', kommst du bei dem Mike heraus, der von dir aus der Nächstgelegene ist. Wenn es blöd läuft, ist es das Hausschwein in Nachbars Garten, das Mike heißt und in dessen Stall ein Spiegel angebracht ist. Hast du das Prinzip verstanden?«

Oh, ja. Jetzt dämmert mir so einiges. »Ich werde in der Nähe eines Spiegels nie wieder fluchen«, stelle ich fest. Es dauert einen kleinen Moment, aber an Mikes Augen kann ich ablesen, wann er verstanden hat, was ich meine.

Er lacht laut und klopft sich vor Freude auf die Schenkel. »Sorry, Chris. Aber das ist der Klassiker.«

Kapitel 9

Gummibärchenorakel

Der Montag zieht sich im Büro wie Kaugummi und ich trommle extrem genervt mit den Fingern auf der Schreibtischunterlage herum.

Normalerweise habe ich immer Außentermine und viele Telefonate, die meinen Alltag auflockern und Abwechslung zum Papierkram darstellen.

Aber heute strotzt mein Kalender vor gähnender Leere und das Telefon klingelt auch nur mäßig.

Nicht, dass ich mich über zu wenig Arbeit beschweren könnte.

Der Papierkrieg will ja auch geführt werden.

Ich bin nur leider ein sehr schlechter Papierkriegstratege.

Und Ronja, unsere Assistentin, ist derzeit im Urlaub.

Am späten Nachmittag habe ich wenigstens einen der größeren Stapel abgearbeitet, mich durch einige Gesetzestexte gewühlt und alle Formulare für den morgen anstehenden Termin auf dem Amt ausgefüllt. Ich beschließe, dass ich für heute genug getan habe und packe meine Sachen zusammen.

Zu Hause mache ich mir Musik an und genieße unter der Dusche minutenlang das heiße Wasser, das auf meine Haut prasselt. Anschließend durchwühle ich meinen Kleiderschrank nach geeigneten Klamotten. Am besten irgendwas Luftiges. Letztes Mal war mir bei André ganz schön heiß. Also kein Hoodie zu den Jeans, sondern mein liebstes blaues T-Shirt.

Ich stehe vor dem Schlafzimmerspiegel und sehe mich bis über beide Ohren grinsen, als meine Gedanken zu dem Mitbringsel abdriften, das ich für André noch vorbereiten muss.

Aus den Lautsprechern erklingen die ersten Takte von Purple Rain, eines meiner Lieblingslieder.

Von plötzlichem Übermut gepackt, drehe ich die Lautstärke weit auf.

Prince singt etwas von Baden im lila Regen, und bei mir regnet es die drei Packungen Gummibärchen, die ich im Supermarkt am Flughafen gekauft habe und die ich nun hoch in die Luft werfe.

Allein zu Hause habe ich keine Hemmungen und da mein Nachbar sicher noch nicht zu Hause ist, gröle ich laut mit. Glückselige Überdrehtheit lässt mich in die Küche rennen. Ich lasse mich auf die Fliesen fallen, schlittere auf Knien und Unterschenkeln über den glatten Boden bis zum Tisch und verliere mich in einem minutenlangen Luftgitarrensolo. Als die letzten Takte verklingen, bin ich außer

Atem. Ich fühle mich total befreit und auf meinem Gesicht breitet sich ein zutiefst befriedigtes Grinsen aus.

Ein paar Minuten später atme ich tief durch, klopfe mir die Hose ab und verbeuge mich vor meinen imaginären Zuschauern. Rasch sammle ich die Tüten im Wohnzimmer auf, setze mich auf die Anrichte in der Küche und beginne mit dem Sortieren. Die grünen Gummibärchen links, die roten rechts und den Rest in eine Schüssel. Die stelle ich dann morgen meinem Nachbarn, Björn, vor die Tür.

Letzte Woche hat er mir verraten, dass er alle Gummibärchenfarben mag, außer Rot und Grün. Passt also hervorragend und nichts wird verschwendet.

Die roten und grünen Bärchen packe ich getrennt in kleine Klarsichttütchen, binde sie jeweils mit einer Schleife zu und dann ... Ja, dann mache ich die Musik aus, stelle mich vor den Spiegel und streiche mein Shirt glatt. Noch einmal tief durchatmen. Und ...

Plötzlich habe ich Hemmungen. Was, wenn André Besuch hat und ich in irgendetwas hineinplatze? Oder wenn ich André egal bin und er gar nicht scharf darauf ist, mich wiederzusehen? Oder sogar beides? Mein Herz ist außer sich und fängt an zu rennen. Jetzt bin ich vollkommen verunsichert, obwohl ich mich die ganze Zeit so sehr auf André gefreut habe und es kaum erwarten kann, wieder zu ihm zu kommen. Mist.

Argh, und jetzt denke ich schon wieder an Mist, dabei ist das doch das Dümmste, das mir passieren kann. Wobei ...

gibt es nicht auch den Spruch ‚heilige Scheiße'? Ein albernes Glucksen entweicht meiner Kehle. Will ich wirklich wissen, wo ich landen würde, wenn ich *daran* denke? Neee, besser nicht. Ich rufe mich selbst zur Ordnung und versuche, mich zu fokussieren. Ich ziehe das jetzt durch und dann weiß ich zumindest, wo ich mit André stehe!

Ich richte mich auf, ignoriere mein wild pochendes Herz, trete direkt vor den Spiegel und schließe die Augen. Vor meinem inneren Auge erscheint André, wie er lächelnd auf seinem Bett sitzt. Als ich das Bild in Gedanken klar vor mir habe, sage ich laut »ich will zu André!«, dann atme ich tief durch und mache einen großen Schritt in den Spiegel.

Auf der anderen Seite pralle ich direkt in eine Wand. Uff! Hat André seinen Spiegel verstellt? Aber der hing doch an der Wand. Ich bin noch etwas belämmert von der Eiseskälte, der ich beim Spiegeldurchgang immer ausgesetzt bin und verstehe nicht, gegen was ich nun geprallt bin.

Dann packt mich jemand an meinen Oberarmen und es brummt wohlig.

Jetzt verstehe ich, dass es eine menschliche Wand ist, in die ich hineingelaufen bin. Ich schaffe es, meine Augen zu öffnen, und versinke direkt in einer strahlenden Frühlingswiese.

Mein Herz setzt zum Sprint an.

»André! Du bist ganz schön hart, ... also fest ... ähm«, stammle ich. »Und doch so zart.« Ich kann mich nicht beherrschen und streichle fasziniert über seine nackte Brust mit den festen, definierten Muskeln. Mein Blick schweift weiter hinab über seinen Bauch. Bis zum Rand der hellgrauen Jogginghose, die locker und tief auf seiner Hüfte sitzt. »Du hast hier direkt vor dem Spiegel auf mich gewartet?«

»Ja. Fast die ganze Zeit! Und du hast dir ganz schön viel Zeit gelassen. Ich dachte schon, du kommst nicht mehr.« André schaut mich mit leicht zusammengepressten Augen forschend an.

»Das ... ähm, war nicht so einfach. Ich wollte direkt zurück zu dir, aber ich wusste nicht wie und ... hhmm...« Tief durchatmen. Fokussieren.

Der Geruch von Andrés Haut verbessert meinen Zustand nicht wirklich.

In mir summt es, als wäre ein Geschwader Hummeln ausgeflogen. »Bitte, könntest du dir ein Shirt anziehen? Bei diesem Anblick kann ich mich überhaupt nicht konzentrieren.«

André schmunzelt und neben seinen Mundwinkeln bilden sich verführerische Grübchen. »Oder wir schaffen die gleichen Bedingungen für mich. Mal sehen, ob ich mich dann auch nicht mehr konzentrieren kann.« Und schon packt er mein Shirt am Saum. »Arme hoch«, befiehlt er und zieht es mir über den Kopf.

In dem Moment, in dem ich nichts mehr sehe und beide Arme nach oben gereckt vom Shirt gefesselt sind, ruft André entzückt. »Ooooh, du hast Gummibärchen dabei! Sind die für mich?«

»Nur die grünen«, nuschle ich durch das Shirt und halte krampfhaft die beiden Tütchen in den Händen über mir.

André erbarmt sich und zieht mir das Oberteil nun ganz aus. »Du meinst, damit ich dich mit ihnen füttern kann?«

»Würdest du das wollen?« Allein beim Gedanken daran bekomme ich gleich Schnappatmung und meine Lunge scheint meinem Herz beim Sprint folgen zu wollen. Ich freue mich so sehr, endlich wieder bei ihm zu sein, dass mein ganzes Inneres in Aufruhr ist.

»Ich füttere dich gerne damit. Aber nur, wenn du nicht wieder vom Bett fällst und sang- und klanglos verschwindest.«

»Das lässt sich einrichten«, brumme ich und halte ihm die Tüte mit den roten Gummibärchen unter die Nase. »Eigentlich ist nur diese Tüte für dich.«

Sein Blick wird weich und er schenkt mir ein strahlendes Lächeln. »Oh, Chris. Das hat noch niemand für mich gemacht.«

Irgendetwas hüpft heftig in meiner Brust.

Als ich beim Ankommen seinen nackten Oberkörper spüren durfte, war mir bereits flau im Magen, aber das ist nichts gegen das erhebende Gefühl, das sich jetzt in mir ausbreitet, während André meinen, nun ebenfalls nackten Oberkörper mustert und sich dabei über die Lippen leckt.

Dann ziehen sich seine Mundwinkel zu einem hämischen Grinsen nach oben.

Seine langgliedrigen Finger angeln in der Tüte nach einem roten Gummibärchen.

Er schaut mich an, dann das Gummibärchen. Leckt genüsslich über die glatte Rückseite des Gummitiers und drückt es mir blitzschnell auf die nackte Brust. Er hält es noch einen Augenblick fest, während ich nur ungläubig nach unten starre. Was tut er da?

»Was zur Hölle...?«

André lacht und lässt das Gummibärchen los. »Das wollte ich schon immer mal probieren!« Er klatscht begeistert in die Hände und freut sich wie ein kleines Kind. »Schau nur, es hält tatsächlich.«

Ich bin sprachlos.

André ist beinahe ekstatisch vor Freude und leckt weiterhin munter rote und grüne Gummibärchen an, um sie ohne erkennbares Muster auf meine Haut zu kleben.

Ohne. Worte.

»Und nun? Von Kunst am Bau hab ich ja schon gehört, aber was stelle ich jetzt dar?«

André tritt einen Schritt zurück und begutachtet mich mit unverhohlenem Verzücken in der Miene. Sein Lächeln ist beinahe so magisch wie Mikes Augen. Auf jeden Fall löst dieses Lächeln Wellen von Wärme und Zuneigung in mir aus.

»Jetzt?«, raunt André und seine Stimme kommt mir ziemlich heiser vor. »Jetzt bist du mein Gummibärchenorakel.«

Kapitel 10

Katastrophe mit Leidenschaft

»Ich bin dein Gummibärchenorakel?«

»Ja. Kennst du dieses Spiel nicht?«

»Spielt man das nicht mit einer ganzen Packung und muss abwechselnd ein Bärchen ziehen?«

»Ach, nur mit zwei Farben geht das auch.«

»Und wie orakelt man das jetzt?«

André greift nach seinem Handy und ruft die entsprechende Seite im Internet auf. Er tippt ein bisschen herum, während sein Grinsen größer wird, aber ich kann nicht erkennen, was er da genau macht.

»Ha!«, ruft er. »Drei rote, zwei grüne. Ich hab‘s.«

»Und? Was steht da?« Will er mich dumm sterben lassen oder klärt er mich jetzt bald mal auf? Ich schiebe mich näher an ihn heran und versuche, mich nicht von seinem persönlichen Duft ablenken zu lassen.

»Die Titanic-Kombination. ‚Ihre Leidenschaft überlebt jede Katastrophe‘ steht da.« Er lacht und zuckt mit den Schultern.

»Und was bedeutet das genau?«

Ohne den Blick von mir abzuwenden, wirft er sein Handy aufs Bett und kommt einen Schritt auf mich zu.

In meinem Inneren beginnt das große Kribbeln, als wäre eine Kompanie Ameisen zu einem Erkundungsmarsch aufgebrochen. Wahrscheinlich suchen sie das Hummel-Geschwader von vorhin, um gemeinsam in den Kampf zu ziehen. »Oh, oh. Kommt jetzt ein Tusch oder unheilschwangere Musik?«

»Die Katastrophe war für dich das Aufkleben der Bärchen«, raunt André und seine Augen wandeln sich zu dunklem Tannengrün. »Und mit Leidenschaft werde ich jetzt die Gummibärchen von dir ablecken.«

»Ich glaube ...« Ich muss mich mehrfach räuspern, schaue zweifelnd an mir herab und hoffe im Stillen, dass die beginnende Ausbeulung in meiner Hose noch nicht sichtbar ist »... die eigentliche Katastrophe ist, dass ich nicht weiß, ob ich mich hier gleich unheimlich blamieren werde.«

André kichert leise und streicht mit seinen Fingerknöcheln sanft über meine Wange. »Rot oder grün?«

»Grün?« Meine Stimme zittert vor Aufregung.

Gleichzeitig befindet sich mein Körper in heller Vorfreude auf das, was jetzt kommt.

Seine Lippen senken sich über das erste Gummibärchen, das mittig zwischen meinen Brustwarzen aufgeklebt ist und er umrundet das Bärchen gemächlich mit der Zungenspitze wie ein Wolf, der eine Schafherde umkreist, um sich das beste Häppchen herauszusuchen.

Die Stelle fühlt sich dermaßen heiß an, als würde sie mit einer voll aufgedrehten Kochplatte konkurrieren wollen.

André richtet sich wieder auf, hält das vorsichtig abgepflückte Gummibärchen zwischen den Zähnen und beugt sich zu mir.

Sein Kopf legt sich etwas schief und er bietet es mir mit einem breiten Grinsen und Feuer in den Augen an.

Ich kann nichts weiter tun, als in seine hübschen, grünen Augen zu schauen.

Den Rest übernimmt mein Körper im Autopilot.

Langsam vorbeugen, Kopf zur Seite neigen, Lippen öffnen und das Gummibärchen vorsichtig mit den Zähnen annehmen.

Unsere Lippen berühren sich kaum, als es bei mir zum Kurzschluss kommt, der in einem wahren Funkenregen gipfelt.

Mir entweicht ein leises Stöhnen. Holy Shit. So fühlt sich also Seelenverwandtschaft an? Ich habe kaum Zeit, darüber nachzudenken, denn schon senkt sich Andrés Kopf wieder hinab.

Er widmet sich dem nächsten Bärchen. Ein rotes, wie es scheint, denn diesmal bietet er mir nichts an. Während er kaut, streifen seine Fingerspitzen an meinen Flanken auf und ab und ich hoffe inständig, dass er einen Feuerlöscher besitzt, denn seine Berührungen haben gerade einen Flächenbrand entfacht.

Als sich Andrés Kopf zum dritten Mal senkt, schießt unterhalb meiner rechten Brustwarze ein kurzer Schmerz durch mich hindurch.

Gleichzeitig breitet sich das Echo des Schmerzes als Lustwelle in meinem Brustkorb aus und lässt mich an verschiedenen Stellen hart werden.

Jetzt kann ich auch ein heiseres Keuchen nicht mehr unterdrücken.

Dieser Kerl! Das ist nun schon das zweite Mal, seit wir uns kennen, dass er mich gebissen hat!

Ich stehe mit halbgeschlossenen Augen wie versteinert da und weiß nicht, wohin mit meinen Händen und den ganzen Gefühlen, die in mir aufwallen.

André brummt tief, stülpt seine weit geöffneten Lippen über ein Stück Haut unterhalb meines linken Schlüsselbeins und saugt daran. Es fühlt sich an, als würde er versuchen, das ganze Blut, das mir gen Süden geflossen ist, wieder nach oben zu ziehen.

Nach einer gefühlten Ewigkeit löst sich Andrés Mund mit einem schmatzenden Geräusch von meiner Haut und nimmt das Gummibärchen mit.

Das letzte rote, schätze ich, denn ich bekomme wieder nichts. Dafür spüre ich eine leichte Kaubewegung, während Andrés Lippen und seine Nasenspitze an meinem Schlüsselbein entlang nach oben streichen.

In der Halsbeuge atmet er tief ein und schnurrt wohlig.

Seine Nasenspitze streift noch mein Ohrläppchen, dann lässt er sich abrupt auf die Knie fallen und schaut mich von unten herauf an.

Mir entfährt ein zischendes Geräusch und meine Atmung beschleunigt wie ein ICE auf freier Strecke, doch Andrés Mundwinkel verziehen sich zu einem teuflischen Grinsen, bevor er seine Lippen zurückzieht und vorsichtig mit den Zähnen das letzte grüne Gummibärchen oberhalb meines Bauchnabels abpflückt.

In einer fließenden Bewegung steht er wieder auf und bietet mir das Gummitier an.

Ich beeile mich, es mit den Zähnen zu packen, und kann es kaum erwarten, Andrés Lippen wieder auf meinen zu spüren.

Kaum gedacht, entspinnt sich ein Funkenregen, der Seinesgleichen sucht.

Irgendwann löst sich André von mir, schubst mich auf sein Bett und krabbelt langsam über mich. »Du hast da noch klebrige Stellen.« Er schaut mit hungrigen Augen auf mich herab und sein Blick versengt auf der Stelle die Haut auf meinem Brustkorb. »Darf ich dich säubern?«

»O mein Gott, ja!«, will ich schreien, doch mehr als ein jämmerliches Wimmern bringe ich nicht heraus.

André gluckst. »Ich nehme an, das war ein ‚Ja‘?«

Ich nicke hektisch und kann meinen Blick nicht mehr von diesem schönen Mann mit den Frühlingswiesenaugen lösen.

Mein Seelenverwandter kniet sich neben mir aufs Bett, beugt sich herab und als seine Zunge breit über die Stelle streicht, an der eben noch das letzte Gummibärchen klebte, krallen sich meine Finger ganz von allein ins Laken. André widmet sich jedem einzelnen Klebepunkt, saugt, knabbert und leckt selbst die kleinsten Gummibärchenatome von meiner Haut ab, während ich schwer atmend, mit geschlossenen Augen auf seinem Bett liege und bete, dass mein Schwanz nicht explodiert.

Plötzlich bin ich verunsichert und Zweifel schieben sich mit aller Macht in mir empor. Wir kennen uns kaum, treffen uns nun erst das zweite Mal. Wie kann es sein, dass ich abgehe wie Schmitts Katze auf einer heißen Herdplatte?

André hat doch nur harmlose Gummibärchen von mir abgelutscht.

Ein lustiges Orakelspiel.

Wie konnte es passieren, dass ich nun vor ihm liege, wie ein Feuerwerkskörper, dessen brennende Lunte gleich den Teil mit dem Schwarzpulver erreicht?

»Scheiße, Chris, du bist so unsagbar heiß«, murmelt André in mein Ohr. Dann streichen seine Lippen ganz zart über meine und seine Zungenspitze bittet sanft um Einlass.

Mein Körper bebt.

Die Ameisenkompanie ist mittlerweile zu einem stattlichen Heer angewachsen.

Alles in mir kribbelt und kaum, dass sich unsere Zungen berühren, stöhnt André leise.

Dieses wundervolle Geräusch ist der Funke, der das Schwarzpulver entzündet.

Die Rakete schießt los, in meiner Hose bricht das Feuerwerk aus und lässt meinen Höhepunkt in den schillerndsten Farben strahlen.

Beschämt ziehe ich meinen Arm über die Augen. Kann es noch peinlicher werden? André hat meine südlichen Regionen nicht mal zufällig berührt und ich komme nur durch ein bisschen Hautabschlabbern und Küssen wie ein pubertierender Teenager in meine Hose.

»Hey. Alles in Ordnung mit dir?« Andrés Flüstern klingt besorgt. Sachte nimmt er mein Handgelenk und zieht mir den Arm vom Gesicht. »Hab ich was falsch gemacht? Hat es dir nicht gefallen?«

»Dass es mir sehr gefallen hat, kann ich wohl kaum abstreiten, oder?« Meine Antwort fällt etwas harscher aus, als beabsichtigt. »Tut mir leid, André. Ich ... wir kennen uns doch kaum und ...«

»... und es ging alles etwas schnell?« André haucht mir einen Kuss auf die Wange. »Mir tut es leid, Chris. Ich wollte nur ein bisschen spielen. Herumalbern. Weil ich mich so gefreut habe, dass du wieder da bist. Aber dann hat sich das irgendwie verselbständigt.« Er blickt beschämt zu meiner Mitte. »Bereust du es?«

»Nein, ich bereue es nicht. Ich finde dich unheimlich bemerkenswert. Ich fühle mich wohl bei dir und du faszinierst mich.«

André strahlt mich an. »Ich finde dich auch unheimlich toll. Ich weiß nicht warum, aber es fühlt sich so an, als würden wir uns schon länger kennen. Seit du zum ersten Mal durch den Spiegel gepurzelt bist, fühle ich mich glücklich und zufrieden. Ich kann es mir weder erklären, noch ausreichend beschreiben, aber anscheinend hast du in meinem Leben bisher gefehlt.« Er schaut mich durchdringend an, bevor er mit den Schultern zuckt und sich an mich kuschelt. »Soll ich dir ein bisschen was über mich erzählen oder möchtest du noch ein Gummibärchen?«

Ich habe tausend Fragen, aber ich bin so erschöpft, dass ich nicht einmal mehr antworten kann, sondern mit Andrés beruhigendem Duft in der Nase innerhalb von Sekunden einschlafe.

***

O Gott, meine Nase brennt!

Ich halte diese sengende Hitze kaum aus. Wo ist Wasser? Ich brauche irgendetwas zum Löschen! Ersticken. Man kann Feuer auch ersticken. Schnell versuche ich, mein Shirt über die Nase zu ziehen, um den Flammen die Luft zu nehmen, doch meine Hand ist gefangen.

Mein ganzer Arm wird blockiert, doch ich kann nicht erkennen wovon.

Alles ist dunkel, bis auf meine lichterloh brennende Nase.

Plötzlich bin ich schlagartig wach und setze mich auf. Dabei kommt mein Arm ruckartig frei.

Erleichtert stelle ich fest, dass meine Nase gar nicht gebrannt hat, sondern lediglich etwas zu sehr durch den Sonnenstrahl gewärmt wurde, der durchs Fenster fällt. Ein zaghaftes Lächeln schleicht sich in mein Gesicht und ich schaue hinüber zu dem süßen, verzottelten Kerl neben mir.

Wir müssen wohl beide eingeschlafen sein.

André regt sich langsam und auch er lächelt mich an, als er die Augen aufschlägt. »Hey. Ein fantastischer Anblick beim Aufwachen.«

»Hey, schöner Mann. Gut geschlafen?«

»Hhmm, so gut wie lange nicht mehr«, brummt er. »Wie spät ist es?«

Mein Blick fällt auf seinen Wecker. »Ach du Scheiße! Es ist schon kurz nach acht. Ich habe heute einen Termin auf dem Amt!« Wie vom Blitz getroffen, springe ich vom Bett.

Ein ekliges, verklebtes, zwickendes Gefühl im Schritt erinnert mich an gestern Abend.

Ich muss dringend duschen. Ich sammle in Windeseile mein Shirt vom Boden und drehe mich noch kurz zu André um. »Bitte, sei nicht böse. Ich komme heute Abend wieder, aber ich muss jetzt dringend duschen. Ich habe nachher einen Termin auf dem Bauamt.«

André nickt traurig und wirft mir noch ein Luftküsschen zu.

Dann drehe ich mich um und springe in den Spiegel.

Kapitel 11

Baumseilartisten und Floradompteure

In dem Moment, als ich auf der anderen Seite herauskomme und über zwei Stühle falle, wird mir klar, dass ich Mist gebaut habe. Mal wieder. Ich rapple mich auf und stehe in einem kleinen Wartebereich auf dem Flur des Bauamts, an dessen halbrunder Wand sich ein Mosaik aus größeren Spiegelstücken befindet.

»Scheiße!« Ich atme auf. Erleichtert, dass ich offensichtlich allein auf dem Flur bin, wende ich mich sofort zum Spiegel um und will schnell verschwinden, als ich hinter mir ein Räuspern vernehme.

»Herr Heinze?«

Ich stehe ungewaschen, vollkommen zerzaust und nur mit einer Jeans bekleidet auf dem Flur des Bauamts. Willkommen im falschen Film. Mist! Ich halte die Luft an und spiele mit dem Shirt, das ich immer noch in den Händen halte. Während ich mich ganz langsam herumdrehe und überlege, wie ich diese Situation erklären soll, ziehe ich das Shirt unauffällig vor meinen Schritt. Dort befindet sich zwar kein nasser Fleck mehr, doch immer noch ein Schatten auf dem Hosenstoff, der an mein Feuerwerk von vergangener Nacht erinnert.

»Ähhmm, guten Morgen, Frau Schreiner.« Seit wann habe ich eine solch piepsige Stimme?

Die Dame, in deren Zuständigkeit mein neues Projekt fällt, zieht pikiert eine Augenbraue nach oben, mustert mich eingehend über den Rand ihrer Brille hinweg und verzieht abfällig die Mundwinkel. Erst dann schließt sie die Tür des Büros, aus dem sie gerade herausgetreten ist. Tolles Timing.

Mein Gott ist mir das unangenehm. Ausgerechnet Frau Schreiner. Hätte nicht ihr neuer Kollege hier stehen können? Brillengläser dick wie Schildkrötenpanzer, sieht er trotzdem nichts, ist aber äußerst nett. Wahrscheinlich hätte der mich nicht einmal wahrgenommen.

»Ähm, S-Sie müssen entschuldigen,... ich ... ähm ... ich habe mich leider bekleckert und musste das Shirt in der Toilette auswaschen und ...« Ich muss mich räuspern. Und überlegen. Und aufhören, unglaubwürdig herumzustottern.

»Bekleckert? Hier?«, fragt sie scharfzüngig.

»Kaffee?« Mehr eine Frage, denn eine Antwort.

»Unser Kaffeeautomat ist seit zwei Tagen außer Betrieb«, bemerkt sie spitz und ihr Kopf zuckt hochnäsig nach oben.

»To Go. Vom Bäcker an der Ecke.«

»Und nun?«, will sie wissen, während sie ihre Augen zusammenkneift und ihr beißender Blick unangenehm brennende Löcher auf der Haut meines nackten Oberkörpers hinterlässt.

Jetzt fehlt nur noch, dass sie in FBI-Manier eine Lampe auf mich richtet.

»So kann ich das ja nicht mehr anziehen.« Ich zucke hilflos mit den Schultern. »Ich wollte zurückgehen zum Auto, aber mein Schlüssel muss mir hier aus der Tasche gefallen sein.« Schnell schaue ich mich alibimäßig suchend zwischen den beiden Stühlen um. »Hhm, anscheinend doch nicht.« Ich schenke der Dame ein aufgesetztes Grinsen. »Dann muss ich wohl nochmal in der Toilette nachsehen«, stammle ich und versuche, mich an der Wand entlang schiebend, von ihr zu entfernen.

»Was wollten Sie eigentlich hier?«

Himmel, kann sie es nicht einfach gut sein lassen?

»I-ich? Ähm. Also, wir haben doch gleich den Termin. Wegen des Objekts in der Marktstraße.«

»Der ist am nächsten Dienstag.« Mit einem genervten Kopfschütteln und einer abschließenden Musterung meiner Person dreht sich Frau Schreiner auf dem Absatz herum und verschwindet in der nächsten Tür.

Ich ergreife die Gelegenheit, denke ganz fest an mein Schlafzimmer zu Hause und renne zum zweiten Mal an diesem Morgen in einen Spiegel.

***

»Ah, der Schreck vom Amt.« Mein Geschäftspartner, Miguel, grinst breit und begrüßt mich mit einer Tasse Kaffee, als ich fast eine Stunde später im Büro ankomme.

Nach dem Desaster auf dem Bauamt bin ich wohlbehalten in meinem Schlafzimmer gelandet und habe erst einmal die dringend notwendige, heiße Dusche genossen. »Was meinst du?« Lieber erstmal doof stellen und hören, was er weiß, bevor ich zu viel erzähle.

»Du brauchst dich nicht dumm stellen, mein Lieber. Die Schreckschraube hat schon angerufen, um sicherzustellen, dass wir den Termin nächste Woche richtig vermerkt haben. Sie konnte es sich auch nicht verkneifen, auf einen angemessenen Dresscode hinzuweisen.«

Ich verkneife mir jeglichen Kommentar und versuche es mit einem Themenwechsel. »Wer von uns ist denn eigentlich bei dem Termin heute Nachmittag außer mir noch dabei?«

»Oh, der Termin ist auf Freitagnachmittag verlegt. Aber das steht schon in deinem Kalender. Der Niederlassungsleiter möchte unbedingt persönlich bei der Begehung dabei sein.«

Ich verdrehe die Augen. Oliflex ist ein großer Anlagenbauer mit Niederlassung hier in Frankfurt. Und man sollte doch meinen, dass es ausreicht, wenn der Projektleiter dem Termin beiwohnt. Wir sollen nur zwei kleinere, zusätzliche Hallen auf deren Gelände planen.

»Hast du eigentlich einen Landschaftsgärtner erreicht?«, will Miguel wissen.

»Einen Landschaftsgärtner? Wozu?« Ich presse die Augen zu, kneife mir mit Daumen und Zeigefinger in die Nasenwurzel und versuche, meine Gedanken zu sortieren.

»Für den Termin bei Oliflex. Ich hatte dich letzte Woche daran erinnert, dass dort zwei alte Bäume gefällt werden müssen, bevor wir die Baustelle einrichten können. Das machen doch Landschaftsgärtner, oder? Es muss noch geklärt werden, ob eine Genehmigung nötig ist und ob es Auflagen geben wird. Und so lange Juri, als Projektleiter, noch krank ist, müsstest du dich darum kümmern.«

»Verflixt. Das habe ich total vergessen. Ich klemme mich gleich hinters Telefon.«

An Miguels Gesichtsausdruck kann ich ablesen, dass er nicht daran glaubt, dass ich so kurzfristig noch jemanden bekomme. Doch ich habe wohl extremes Glück, denn bereits eine Dreiviertelstunde später verspricht mir der Seniorchef der Landschaftsgärtnerei ‚Baumseilartisten und Floradompteure', dass er uns seinen besten Mann schicken kann, weil bei ihm ein Termin gecancelt wurde. Perfekt.

Nach einem anstrengenden, aber weitgehend ereignislosen Arbeitstag, tigere ich durch meine Wohnung und überlege, ob ich etwas zum Essen bestellen und mitnehmen soll. Ich hatte André ja versprochen heute Abend wieder zu ihm zu kommen.

In Gedanken vertieft, schlüpfe ich im Schlafzimmer in meine Jogginghose und meinen Lieblingshoodie und finde mich vor dem Spiegel wieder. Was André wohl gerne isst? Wieso frage ich ihn nicht einfach? Bestellen können wir auch bei ihm. Plötzlich bin ich total aufgeregt, doch bevor ich wieder ins Zweifeln komme, denke ich ganz fest an ‚meinen' André und schlüpfe durch den Spiegel.

Dieses Mal komme ich in einem Flur heraus und stolpere über eine Horde Schuhe, die offensichtlich direkt vor dem Spiegel neben der Garderobe stehen. Also, sie standen. Bevor ich angekommen bin. Nun purzeln sie im Flur herum. Bin ich hier überhaupt richtig?

»Chris?«

»O Gott, André! Mir ist eben schon das Herz in die Hose gerutscht, weil ich dachte, ich bin wieder total falsch gelandet.«

»So so, in die Hose gerutscht.« André grinst und seine Augen schweifen von meinem Brustkorb zu meinem Schritt. »Ich könnte ... ähm ...« Er kratzt sich verlegen am Kopf. »Nee, vergiss es.« Er winkt mit der Hand, in der er eine Kartoffel hält und geht zurück in den Raum, aus dem er kam. »Ich bin gerade am Kochen. Ich wusste nicht, wann du kommen wirst, daher habe ich schon angefangen. Willst du mir helfen?«

»Genau deswegen bin ich hier.«

»Woher wusstest du, dass ich koche?«

»Wusste ich nicht. Ich hatte Hunger, war aber unsicher, ob ich etwas bestellen und mitbringen soll und dann habe ich überlegt, was du wohl gerne isst. Und dann bin ich kurzerhand in den Spiegel gestiegen, um dich zu fragen.«

André zieht mich in eine kurze Umarmung und mir wird plötzlich ziemlich warm.

»Schön, dass du da bist«, raunt er mir ins Ohr. Er tritt einen Schritt zurück. Sein Lächeln verzieht sich zu einem teuflischen Grinsen und er drückt mir die Kartoffel und das Schälmesser in die Hand. »Dann kannst du gleich die niederen Küchenarbeiten übernehmen.«

»Was gibts denn überhaupt?«

»Gestern gab es Nudeln mit Bolognesesoße und von der Soße habe ich noch ziemlich viel übrig. Und daher machen wir nun Kartoffeln dazu. Das hat meine Mutter früher immer gemacht, weil mein Vater keine Nudeln mochte. Ich liebe zerdrückte Kartoffeln mit Bolognesesoße.«

Ich schäle also die Kartoffeln und André macht einen Salat zurecht. Dabei erzähle ich ihm, wie ich heute Morgen auf dem Flur des Bauamtes gelandet bin.

André lacht sich schief und wir albern herum. Dabei berühren wir uns immer wieder und die Luft beginnt zu knistern.

Dann stehen sowohl Kartoffeln als auch Soße endlich auf dem Herd und wir haben noch etwas Zeit.

Ich beuge mich über die Anrichte zur Spüle und will das Messer weglegen, als sich André herumdreht und mir auf einmal so nah ist, dass sich unsere Nasenspitzen beinahe berühren.

Er schaut mich mit großen Augen fragend an.

Ich schlucke hart und kann mich kaum rühren.

Dieser Mann hat einen Gänsehaut verursachenden Blick. Sein Kopf neigt sich leicht zur Seite, seine weichen Lippen berühren meine, streifen sacht darüber und mit einem Mal fühlt es sich an, als ob es unter jedem Quadratmillimeter meiner Haut knistert. Ein irres Gefühl.

»Weißt du, dass du mich vom ersten Moment an verzaubert hast?«, flüstert André. Er tastet blind nach meiner Hand, die immer noch auf dem Rand der Spüle ruht und streift dabei das Messer, das ich noch nicht weggelegt habe.

»Autsch.« Er verzieht das Gesicht und zieht die Hand nach vorne. Über seinen Zeigefinger verläuft ein oberflächlicher Schnitt und es quellen ein paar Tropfen Blut hervor.

Einer inneren Eingebung folgend, packe ich sein Handgelenk und ziehe seinen verletzten Finger heran. Ich stülpe meine Lippen darüber und presse meine Zunge auf die Wunde. Der Geschmack seines Blutes ist überwältigend und mich überkommt ein eigenartiges Gefühl, das sekündlich stärker wird. Mein Inneres fühlt sich an, wie eine summende, brummende Wackelpuddingmasse.

André schaut mich an, als könne er nicht fassen, was ich da gerade mache. Ich entlasse seinen Finger aus meinem Mund und küsse die nicht mehr blutende Wunde.

»Wie gut, dass ich vor drei Tagen die Ergebnisse des letzten Tests bekommen habe und alles okay ist«, meint er trocken.

Ich lächle André an ... und plötzlich wird alles schwarz.

Kapitel 12

Bratschlauch oder Knisterfolie?

Das Schwarz lichtet sich.

Es wird kurz hell, dann wieder schwarz.

Und dann grün.

Oh, Frühlingswiesengrün.

»André?«

»O Gott, Chris. Dem Himmel sei Dank, da bist du wieder. Du warst vollkommen weggetreten. Wie gehts dir?«

Gute Frage. Ich versuche, genau in mich hineinzuhören, denn tatsächlich ist irgendetwas anders. Wenn ich nur wüsste was. »Hhmm, mir geht es gut.« Ich runzle die Stirn und überlege, wie ich es besser ausdrücken könnte. »Nein, warte. Es geht mir außerordentlich gut. Viel besser als vorhin!«

»Besser als vor der Ohnmacht?« André reißt ungläubig die Augen auf und hält besorgt eine Hand an meine Stirn.

»Ja. Bedeutend besser. Mein Körper fühlt sich irgendwie vollkommener an«, erkläre ich. »Also, nicht dass vorher etwas gefehlt hätte, aber jetzt fühlt es sich so an, als hätte es das und nun fehlt es nicht mehr. Aber ich kann nicht benennen, was da gefühlt nicht gefehlt hat und jetzt da ist.

Hhmm ...« Ich räuspere mich. »Und ich bin glücklich. Und kribbelig.«

»Kribbelig?«

»Ja, als ob ich Folie unter der Haut hätte. Weißt du, so eine knisternde Folie wie ein Bratschlauch.«

»Du fühlst dich, als hättest du einen Bratschlauch unter der Haut?«

»Treffender könnte man es nicht beschreiben.«

»Knisterfolie?«

»Nein. Die ist zu weich. Und die kribbelt nicht so knisterig.«

André lacht laut. »Du bist ein Knaller. Echt.« Er hilft mir, mich aufzusetzen. »Gehts? Oder wird dir schwindelig?«

»Nein. Alles super. Hilfst du mir aufzustehen?«

»Alla hopp!« André packt meine Hand und zieht mich langsam in die Höhe.

»Vielleicht halte ich mich sicherheitshalber noch einen kleinen Moment bei dir fest.« Ich schaffe es nicht, ernst zu bleiben und grinse ihn überglücklich an, während ich meine Hände auf seine Taille schiebe.

»Hhmm«, macht André und starrt auf meine Lippen. »Vielleicht sollte ich schon einmal die richtige Stellung üben.«

»Stellung?« Diesmal bin ich derjenige, der die Augen aufreißt.

»Ja, falls du nochmal umkippst und ich dich beatmen muss. Da wäre es besser, ich wüsste, wo ich da meine Lippen platzieren muss.«

»Platzieren? Welch gewählte Ausdrucksweise. Na, wohl am besten auf meine, würde ich meinen?«

»Es gäbe auch noch Mund-zu-Nase-Beatmung.«

»Bäh! Nee. Üb lieber das mit Lippen auf Lippen.«

»Mund-zu-Mund-Beatmung?«

»Ja. Das wäre mir lieber.«

Andrés »okay« vermurmelt sich, als seine Lippen endlich meine berühren.

Und in diesem Moment habe ich das Gefühl, als würde mein ganzes Inneres pochen. Als würde sich mein Herzschlag wie eine Schallwelle bis in die hinterste Ecke meines Körpers ausbreiten und mit jedem Zentimeter, die sie sich fortbewegt, lauter werden.

»Wow. Chris. Das war ...«

»... unfuckingfassbar?«

»Noch besser!«

»Und so kann man jemanden beatmen?«

»Nur, wenn du beim Küssen noch ein bisschen pustest.«

»Ich glaube, das müssen wir nicht üben. Aber deine Treffsicherheit.«

»Meine Treffsicherheit?«

»Ja, ich bin mir sehr sicher, dass deine Lippen nicht ganz auf meinen lagen.«

»Darf ich etwas vorschlagen?« André stupst meine Nase liebevoll mit seiner an und ich bilde mir ein, im Raum rosa Herzchen schweben zu sehen.

»Also ich würde vorschlagen, wir essen jetzt erst einmal und dann trainieren wir noch eine Runde. Oder zwei.«

»Boah, war das lecker.« Ich schiebe mich mit dem Stuhl etwas vom Tisch zurück und reibe seufzend über meinen Bauch. »Was hast du eigentlich mit den Nudeln gemacht?«

André hält mit der Gabel in der Luft vor seinem Mund inne und schaut mich irritiert an. »Gegessen?«

»Ja, aber mit dem Rest?«

»Mit welchem Rest?«

»Wenn man Nudeln kocht, bleibt immer ein Rest.«

»Bei mir nicht. Ich mache immer zu viel Soße. Deswegen esse ich die dann am nächsten Tag mit Kartoffeln.«

»Du kannst die richtige Menge Nudeln kochen? Entweder bist du wirklich ein Freak oder Mr. Perfect.«

André strahlt. »Perfekt für wen?«

»Für mich natürlich.«

»Na, so perfekt scheine ich ja nicht zu sein, wenn ich nicht richtig treffen kann.«

»Das sind Peanuts. Wir können ja direkt eine Trainingseinheit einlegen.«

Andrés Pupillen weiten sich und lassen die Farbe der Iriden dunkler erscheinen. Seine Augenfarbe wandelt sich auf diese Weise von Frühlingswiesengrün erneut zu Tannengrün.

Er trinkt noch einen Schluck und wendet seinen Blick dabei nicht von mir ab. Dann kommt er um den Tisch herum und ergreift meine Hand, zieht mich in den Stand und direkt in eine enge Umarmung. »Wenn du nicht genauso groß und schwer wärst wie ich, würde ich dich auf den Arm nehmen und in mein Schlafzimmer tragen«, raunt er in mein Ohr und entfacht dadurch eine Gänsehaut, die an meiner Stirn beginnt und sich über die Kopfhaut nach hinten und den Rücken hinab bis in die kleinsten Fußzehen ausbreitet.

Ich kann ein leises Stöhnen nicht unterdrücken. »Führ mich hin.«

»Meine Wohnung geht über zwei Etagen. Das Schlafzimmer ist oben«, flüstert André, haucht mir einen Kuss auf den Mundwinkel und schiebt mich rückwärts. »Ups, jetzt hab ich die Lippen verfehlt.« Er grinst und streicht mit seiner Nase über meine Wange. »Achtung, jetzt kommen die Stufen.«

»Versuchs nochmal, André.«

»Was?«

»Zu treffen.«

André küsst mich auf den anderen Mundwinkel. »Schon wieder daneben.«

»Ich glaube, du brauchst doch mehr Übung, als wir dachten.«

»Wir sind gleich im Bett, dann kann ich dich besser festhalten. Wenn du nicht so wackelst, treffe ich besser.«

Als ich endlich auf dem Bett liege, pinnt André meine Arme auf die Matratze und küsst meine Stirn, bevor er sich langsam über die Nase und die linke Wange bis zum Kinn vorarbeitet und damit bei mir schon wieder eine Gänsehaut auslöst, die jede Gans vor Neid erblassen ließe. Wenn das so weiter geht, wachsen mir noch Federn.

»Getroffen hast du bisher aber nicht.«

»Ich taste mich langsam heran. Vielleicht finde ich ja noch mehr Punkte, die man beatmen kann.«

»Willst du mich umbringen?« Ich keuche heftig, allein bei der Vorstellung, was er meinen könnte.

»Quatsch!« André knabbert vorsichtig an meinem Kiefer entlang und saugt sich dann an meinem Hals fest.

Schauer um Schauer rinnt meine Wirbelsäule hinab.

»Gott, André«, stöhne ich. »Bei der Beatmung pustet man doch und saugt nicht.«

»Oh.«

Ich spüre an meiner Haut, wie er grinst.

Dann legt er endlich seine Lippen auf meine, streicht mit der Zunge hauchzart darüber und sofort beginnt meine Haut wieder überall zu knistern.

Schwer atmend lässt er von mir ab und ein großes Lächeln breitet sich auf seinem Gesicht aus. »Ich glaube, ich habe eine Technik entdeckt, bei der man nicht nur beatmen kann.«

»Sondern?«

Er streicht mit seinem Oberschenkel über die Beule in meiner Hose. »Man kann wichtige Körperteile auferstehen lassen.« André drängt sich zwischen meine Beine und legt sich auf mich. »Das funktioniert sogar in beide Richtungen, merkst du das?«

»Ooohhh, und wie ich das spüre. Mach das nochmal«, bitte ich und kann ein lautes Stöhnen nicht unterdrücken. Da meine Hände nun wieder frei sind, lege ich sie auf Andrés

Schultern ab und streichle erkundend über seine Haut, die sich über die eindrucksvollen Muskeln spannt.

André rollt noch ein paar Mal sein Becken und jedes Mal reiben sich unsere Längen durch den Stoff der Jeans aneinander.

»Und du meinst, das fördert deine Treffsicherheit?«

»Nein, aber das macht das Training anspruchsvoller.« André senkt seine Lippen wieder auf meine, lässt seine Zunge die meine erkunden, und rollt unablässig sein Becken. Zielstrebig treibt er uns beide auf den Höhepunkt zu.

Das Küssen wird ab und zu von unserem lauten Keuchen und Stöhnen unterbrochen.

Lange halte ich das nicht mehr durch. Ich balle meine Hände zu Fäusten und drücke meine Hüften hoch, als eine Welle der Lust durch mich hindurch schwappt. »Bitte André. Gleich ...«

André küsst mich lustvoll und fordernd und erzittert dabei heftig. Er hat die Augen geschlossen und sieht hinreißend aus.

Sein Höhepunkt und sein Anblick schieben mich über die Klippe und ich war nie glücklicher dabei, in meine Hose zu kommen, als jetzt.

Kapitel 13

Der Wolf im Schafspelz

Andrés Nase ist in meiner Halsbeuge vergraben, während er noch keuchend auf mir liegt und wir unsere Höhepunkte nachhallen lassen. Nach ein paar Minuten schaut er auf und beginnt zärtlich an meiner Unterlippe zu knabbern.

»Ich habe ein Deja-vú.«

»So?« André grinst verschmitzt und ruckelt mit seinem Becken. »Ich wüsste da ja was.«

»Was denn?«

»Du könntest mit mir duschen, bevor wir noch eine Runde trainieren.«

Ich seufze traurig, denn das Nächste fällt mir nicht leicht. »André, ich würde ja sehr gerne, aber ich sollte jetzt besser gehen.«

Er wirkt bedrückt, setzt sich auf und schaut mich abwartend an. »Ich dachte, es gefällt dir bei mir und ...« Er bricht den Augenkontakt ab und reibt sich über die Brust.

In demselben Moment spüre ich einen Druck unter dem Brustbein, der mir fast die Tränen in die Augen treibt. Ist das

Abschiedsschmerz? Wehmut, dass ich gehen muss? Aber ich komme doch wieder.

»Hey.« Ich greife nach seiner Hand. »Das, was auch immer das zwischen uns ist, gefällt mir außerordentlich gut. Eigentlich würde ich auch sehr gerne bei dir bleiben, aber ich fürchte, wenn ich jetzt nicht gehe, dann komme ich gar nicht mehr los und ich habe zwei anstrengende Tage im Büro vor mir. Und am Freitag steht zudem ein äußerst wichtiger Termin an.« Ich schnappe mir auch seine andere Hand und verschränke unsere Finger miteinander. »Ich muss morgen ausgeschlafen sein, sonst kriege ich nichts auf die Reihe. Und wenn ich hier bleibe, glaube ich, werden wir nicht viel Schlaf bekommen, oder?«

André schaut mich wieder an und lächelt schief. »Hhmm, da könntest du recht haben.« Er holt tief Luft. »Kommst du wenigstens noch mit mir duschen?«

Auf mein zögerliches Nicken hin rutscht er vom Bett und zieht mich mit sich in das angrenzende Badezimmer.

Sofort zieht das Armeisenheer in meinem Inneren seine Truppen zusammen und marschiert los.

Unter der Dusche können wir natürlich nicht die Finger voneinander lassen, erkunden gegenseitig unsere Körper, seifen uns akribisch genau ein und versuchen, uns durch Liebkosen und Küssen vom nahenden Ende des Abends abzulenken. Und ich schwöre, ich kenne keinen, der so gut küssen kann, wie André.

Es wird ein sehr liebevoller Abschied unter der Dusche. Anschließend trocknen wir uns gegenseitig ab und nehmen uns immer wieder in den Arm.

Ich genieße Andrés Wärme und Zuneigung und die Gefühle, die er in mir auslöst.

Noch nie hat jemand solche starken Emotionen in mir entfacht, schon gar nicht in so kurzer Zeit.

Zurück im Schlafzimmer haucht André mir weitere Küsse auf die Haut, während er mir einen Boxerslip von sich heraussucht und ich mir diesen und mein Shirt überziehe.

Es ist beinahe Mitternacht, als ich ihm über die Wange streichle, seine weichen Bartstoppeln unter den Fingerspitzen spüre und mich schwermütig vor den Spiegel stelle. Als ich im Begriff bin, hindurch zu gehen, quietscht André.

»Stopp! Warte!« Er rennt zu seinem Nachttisch, greift etwas und kommt zurück zu mir. »Hier, nimm ihn mit.« Er drückt mir einen kleinen, braunen Plüschwolf an die Brust, der eine Art graues Jäckchen mit Kapuze trägt. Irgendwie niedlich.

»Du hast ein Plüschtier?«

Andrés Wangen färben sich herrlich rot und er stammelt »j-ja ... irgendwie schon. Also ... nur ihn.«

»Du gibst mir dein Plüschtier mit? Dein einziges?«

»Ja. Es ist ein Wolf im Schafspelz.« Er fummelt umständlich das kleine Mützchen über die Wolfsohren. »Schau. Da sind kleine Schafsohren an der Mütze.« Und wieder lächelt André dermaßen hinreißend, dass ich nicht anders kann, als ihn zu einem letzten Kuss zu mir heranzuziehen. »Weißt du, dass du unheimlich süß bist?«

»Ach Mann«, seufzt André »Ich vermisse dich jetzt schon. Nimm Wolfi mit und denk immer an mich, ja? Und wir sehen uns am Freitagabend?«

»Ja, Freitagabend. Ich freu mich auf dich.« Und bevor ich mich gar nicht mehr losreißen kann, nehme ich den kleinen Wolf in meine Hand, denke an mein Bett zu Hause und steige durch den Spiegel.

In dem Moment, als ich zu Hause ankomme, fühle ich mich rastlos, als würde mir etwas fehlen. Als sei mein Körper unvollständig. Und, verdammt, ich bin so ein Dussel! Ich hätte nach Andrés Handynummer fragen sollen. Daran muss ich beim nächsten Mal unbedingt denken.

Der Mittwoch zieht sich wie Kaugummi. Im Büro ist sehr viel zu tun, weil einer meiner Projektleiter immer noch krank ist und einiges an mir hängen bleibt. Zudem habe ich wichtige Abstimmungstermine mit Kunden. Obwohl ich wirklich genug zu tun habe und abgelenkt sein müsste, schweifen meine Gedanken immer wieder zu André ab. Es ist nicht einmal vierundzwanzig Stunden her, seit wir uns das letzte Mal gesehen haben und doch vermisse ich ihn schon so, dass ich kaum geradeaus denken kann. Und immer wieder spüre ich diesen Druck auf der Brust und Rastlosigkeit schwimmt durch meine Adern.

Abends liege ich bereits früh im Bett, wälze mich hin und her und schaffe es einfach nicht, einzuschlafen, obwohl ich hundemüde bin. Ich stehe wieder auf und mache mir eine heiße Milch mit Honig. Tigere unruhig mit der Tasse in der Hand durch meine Wohnung und bin innerlich total aufgewühlt. André fehlt mir. Sehr.

Gegen zehn halte ich es nicht mehr aus. Ich beschließe, wenigstens kurz zu ihm zu portieren, um mir einen Gute-Nacht-Kuss zu holen und eine Nase voll André zu nehmen. Bei diesem Gedanken muss ich lächeln und schreite, ohne zu zögern, durch den Spiegel.

Ich stehe barfuß im Pyjama, mit der Tasse in der Hand in Andrés Schlafzimmer, sehe ich ihn aber nicht und will ihn schon rufen, als ich Stimmen aus dem angrenzenden Badezimmer höre.

»Oh, das gefällt mir!« Andrés Stimme klingt verzückt. Er scheint sich sehr über etwas zu freuen.

Daraufhin klappert und raschelt es kurz.

Ob er sich im Baumarkt einen dieser witzigen Klodeckel oder Waschbeckenstöpsel gekauft hat?

»Warte, bis ich meinen Hammer raushole!«, sagt da plötzlich eine andere Männerstimme, die ich nicht kenne, und lacht leise.

André hat Besuch? Davon hat er mir gar nichts erzählt. Andererseits wollte ich auch erst am Freitag wiederkommen und er kann seine Tage planen, wie er will. Und Besuch haben. Aber es schmerzt, dass er mir nichts davon erzählt hat. Vor allem klingt das Gespräch sehr vertraut. Als hätten die beiden Männer Spaß im Bad.

»Willst du gleich noch duschen? Ich hab dich ja voll eingesaut.« Andrés wundervolles Lachen erklingt und in mir bohrt sich ein eisiger Dolch durch die wohlige Wärme, die sein Lachen in meiner Brust auslöst.

Scheiße. André hat einen Anderen. Oder vielleicht einen festen Freund und ich war nur ein netter Zeitvertreib.

So hatte ich ihn eigentlich nicht eingeschätzt und es fühlte sich bisher mit ihm alles so echt und einzigartig an.

Doch meine Gedanken verselbständigen sich und in meinem Kopfkino startet der Film. Ein Horrorstreifen ohne Happy End.

Warum verliebe ich mich immer in die falschen Typen? Es hatte den Anschein, als könnte es nicht perfekter laufen mit André. Als wäre er das Tüpfelchen auf meinem i.

Ich kann ein lautes Schluchzen nicht mehr verhindern. In dem Moment, als ich mich auf dem Absatz herumdrehen will, kommt André, nur mit einer Jeans bekleidet, aus dem Bad und sofort erfasst mich sein fragender Blick. Ein Wunder, dass er mein Schluchzen gehört hat, so abgelenkt wie er im Bad gewesen sein muss.

»Chris? Was ist ... ?« Er erstarrt kurz und kommt dann schnellen Schrittes auf mich zu. »Wie lange bist du schon hier?«

Viel zu lange, denke ich. Ich wäre besser nicht hergekommen. Ich lasse die Scherben meines verliebten Ichs unbeachtet auf seinem Schlafzimmerboden liegen. Soll er sie doch aufkehren.

Immer dickere Tränen bahnen sich den Weg über meine Wangen.

Ich laufe rückwärts und will nur noch weg hier. Allein sein. Als ich in den Spiegel eintauche, entkomme ich Andrés ausgestreckter Hand nur knapp. Ich spüre nicht einmal die Kälte beim Portieren.

Sekunden später stehe ich auf einer Brücke über dem Main. Nur im Pyjama. Barfuß. In den Händen immer noch meine Tasse mit einem Rest kalter Milch.

Kapitel 14

Die Polizei, dein Freund und Meister

Ich stehe am Geländer, das mit vielen bunten Schlössern geschmückt ist, die Verliebte hier angebracht haben, und blicke hinab in die Tiefe.

Diese Brücke ist ein sehr romantisches Fleckchen und bietet bei Nacht einen einmaligen Blick über das beleuchtete Bankenviertel der Stadt.

Mir ist jedoch alles andere als romantisch zumute und ich frage mich, warum ich gerade hierher portiert habe. An diese Brücke hatte ich gar nicht gedacht. Ich bin mir nicht sicher, ob ich wissen will, was sich in meinem Unterbewusstsein abgespielt hat, als ich in den Spiegel eingetaucht bin.

Plötzlich vernehme ich neben mir ein Räuspern.

»Ähm ... entschuldigen Sie, geht es Ihnen gut? Kann ich Ihnen helfen?« Eine ältere Dame schaut mich ängstlich an. »Sie wollen doch nicht ...?« Sie blickt nervös zwischen mir und dem Geländer hin und her. Hinter ihr befindet sich ein improvisierter Verkaufsstand mit jeder Menge Spiegel in sämtlichen Formen und Größen.

Ich brauche einen Moment, um mich zu sammeln und zu verstehen, was sie von mir will. »Oh, ähm. Nein. Nein, ich will nicht springen«, verspreche ich ihr. »Ich habe mich zu Hause ausgesperrt und bin völlig in Gedanken losgelaufen«, stammle ich und trete einige Schritte zurück.

Immer mehr Passanten verlangsamen ihre Schritte und mustern mich.

Ich fühle mich zunehmend schlechter und will auf dem schnellsten Weg nach Hause. Eigentlich wollte ich das eben schon. Still verfluche ich André und seinen Einfluss auf mich, der meinen Verstand durcheinanderwirbelt. Bei jedem Gedanken an ihn wird mein Herz von vielen spitzen Eiszapfen drangsaliert und schmerzt wie die Hölle. Ich wische mir die letzten Tränen aus dem Gesicht und bedanke ich mich bei der netten, älteren Dame, dass sie sich Sorgen um mich gemacht hat. Dann drehe ich mich um und ... knalle gegen den stahlharten Brustkorb eines Uniformierten. Nicht das auch noch. Ich fasse mir an die Stirn und atme tief durch.

»Guten Abend, ich bin Polizeihauptmeister Meister. Kommen Sie doch bitte ein Stück vom Geländer weg.« Er packt mich an den Oberarmen, hält mich einen Moment fest und seine Augen scannen mich prüfend ab. Während er mich von den Passanten ein wenig abschirmt, bemerke ich aus dem Augenwinkel seinen Kollegen, der sich zwischen mich und das Brückengeländer schiebt. Wahrscheinlich denken die beiden, ich will springen.

Und ich kann es ihnen nicht einmal verdenken. »Keine Angst. Ich will nicht springen. Wollte ich nie. Ich ...«

»Geht es Ihnen gut? Brauchen Sie einen Arzt?«

»Ähm, nein. Mir geht es gut.«

»Sie sehen aber nicht so aus.« Er zieht eine Augenbraue nach oben und fährt etwas leiser fort. »Sie sehen so aus, als hätten Sie geweint. Ihre Augen sind ganz rot.«

»Ich, ja ... vielleicht geht es mir doch nicht so gut«, gebe ich zu und schaue kurz betreten zu Boden, bevor ich ihn wieder ansehe. »Aber ich brauche keinen Arzt.«

Der Uniformierte mustert mich skeptisch, beschließt dann aber anscheinend, dass ich tatsächlich keine selbstmörderische Absicht habe, und fährt fort. »Können Sie sich ausweisen, Herr ...?«

»Heinze. Chris Heinze. Und nein, mein Ausweis liegt in meiner Wohnung.«

»Herr Heinze, würden Sie uns bitte zu unserem Wagen begleiten?« Der Polizist legt seine Hand an meinen Ellbogen und schiebt mich in Richtung Mainkai.

»Das war eine rhetorische Frage, oder?« Habe ich das gerade gesagt? Das scheint der Galgenhumor zu sein, von dem immer alle reden.

Ich bekomme keine Antwort. Nur eine hochgezogene Augenbraue.

Mehrere tiefe Seufzer später, werde ich in den Fond des Polizeifahrzeugs gebeten.

»So, Herr Heinze. Können Sie mir sagen, warum Sie im Schlafanzug nachts auf dem Eisernen Steg stehen?«

»Ich ... ähm ... Ich habe mich ausgesperrt?«

»Ist das eine Frage oder eine Antwort?«

»Eine Antwort?«

Die Augenbraue von Polizeiobermeister Meister zuckt bedenklich. »Und warum stehen Sie dann hier auf der Brücke und nicht vor ihrer Wohnungstür?«

»Ich wollte zu meiner Freundin. Die hat einen Ersatzschlüssel.«

»Und wo wohnt ihre Freundin?«

»Ähm... in Riedberg, aber ... ähm ... sie trifft sich mittwochs immer im Schnitzelhaus mit jemandem und ... ähm ... da bin ich wohl falsch abgebogen?«, stottere ich mir eine Ausrede zurecht und hoffe, dass der Meister sie frisst.

»Das waren mir ein paar zu viele ‚Ähms', Herr Heinze. Geben Sie mir doch bitte mal den Namen ihrer Freundin.«

»Katharina Jung.« Ich rattere noch ihre Handynummer herunter, die ich, Gott sei's gedankt, auswendig kenne. Ich hoffe sehr, dass Kati mitspielt.

Wir hatten vor Urzeiten einmal festgelegt, dass das Codewort ‚Schnitzelhaus' fällt, wenn jemand von uns in Schwierigkeiten steckt.

Ein Glück, dass sich das Schnitzelhaus tatsächlich unweit von hier befindet. Ansonsten hätte ich wohl nicht so schnell eine sinnvolle Ausrede gehabt.

Kati scheint direkt an ihr Handy gegangen zu sein, denn der Polizist befragt sie nun zu ihrem Date im Schnitzelhaus und muss sie anschließend beruhigen, dass es mir soweit gut geht. Er bittet sie, zu meiner Wohnung zu kommen, und legt auf.

»Also Herr Heinze, wir werden Sie nun zu Ihrer Wohnung fahren und auf Frau Jung warten. Anscheinend ist ihr Date heute ausgefallen. Sie bringt Ihren Ersatzschlüssel mit. Wenn wir Ihre Personalien erfolgreich feststellen konnten und zu dem Entschluss kommen, dass wir Sie allein lassen können, dürfen Sie in Ihrer Wohnung bleiben. Das entscheiden wir gleich gemeinsam mit Frau Jung. Geben Sie mir bitte Ihre Adresse?«

Keine halbe Stunde nach uns kommt Kati mit ihrem Flitzer um die Ecke, parkt ziemlich windschief hinter dem Vito der Polizei ein und stürzt zu dessen offener Autotür.

Ich bin heilfroh, denn ich weiß nicht, wie lange ich den Beamten noch heile Welt vorgaukeln kann, während ich innerlich brenne. Der Druck auf meiner Brust nimmt schon wieder zu und der Kloß in meinem Hals scheint minütlich größer zu werden.

»Chris, Mensch. Was machst du denn für Sachen? Warum hast du mich nicht angerufen, wenn du dich ausgesperrt hast? Wie gehts dir? Du siehst ja voll scheiße aus!« Katis fürsorglicher Wortschwall wird schnell durch den Uniformierten unterbrochen.

»Guten Abend Frau Jung. Wir haben telefoniert. Meister, mein Name.«

»Ah, Herr Wachtmeister. ‚Guten Abend‘ ist witzig, es ist ja schon nach Mitternacht.« Sie kichert ihn tatsächlich an.

»Nicht Wachtmeister. Polizeiobermeister Meister«, korrigiert er sie und springt aus dem Wagen.

Unsere kleine Karawane zieht zu meiner Wohnung, Kati schließt auf und ich kann den Polizisten meinen Ausweis zeigen.

Nachdem sich der Meister und sein Kollege davon überzeugt haben, dass ich nicht gleich wieder abhaue und nicht von der nächsten Brücke springen werde, ziehen sie von dannen. Natürlich nicht, ohne Kati nochmals beiseitegezogen zu haben.

Bereits im Polizeiauto, als wir auf Kati gewartet hatten, habe ich Herrn Meister erzählt, dass ich Stress mit meinem Freund hätte und deswegen etwas durch den Wind sei. Dass ich aber keinerlei Bedürfnis hätte, mich aufgrund dessen irgendwo herunterzustürzen. Gut, dass er mir die Geschichte abgenommen und mich nicht in die Klapse eingewiesen hat.

Als die Wohnungstür hinter den Polizisten ins Schloss fällt, räuspert sich Kati und schaut mich mit ihrem Entweder-du-erzählst-mir-jetzt-alles-oder-es-rappelt-im-Karton-Blick an. Und dann wiederholt sie laut, was ihre Augen mir bereits entgegenschreien. »Entweder du erzählst mir jetzt alles haarklein oder du kannst dich sehr warm anziehen, mein Lieber!« Sie trommelt mit den Fingern auf die Anrichte und fordert mit der anderen Hand meine Tasse. »Gib die mal her. Du wäschst dir jetzt die Hände und dann ab ins Bett. Ich mache dir noch eine heiße Milch und bringe sie dir gleich ins Schlafzimmer.«

»Ja, Mama!« Ich seufze tief, verzichte auf das Augenrollen und gehorche.

Natürlich erzähle ich ihr noch, was passiert ist und als Kati mich in den Arm nimmt, bricht der Damm endgültig und eine wahre Tränenflut quillt aus meinen Augen, fließt in Sturzbächen über meine Wangen und mein Kinn und versickert in meinem Pyjama.

Im Beisein der Polizisten konnte ich mich gut zusammenreißen und das Geschehene zurückdrängen, doch jetzt kommt alles wieder hoch. Ich habe einen mächtigen Kloß im Hals, eine drückende Leere im Magen und mein Brustkorb fühlt sich viel zu eng an.

»Ich bleibe heute Nacht bei dir. Morgen sehen wir dann weiter, okay?« Kati zieht sich ihre Jeans aus, kuschelt sich zu mir ins Bett und nimmt mich in den Arm, während ich den kleinen Plüschwolf von André in meiner Hand halte und von heftigen Schluchzern geschüttelt werde.

Kapitel 15

Warmer Vanillepudding und Kaffeeentzug

»Chris?«

Wie durch Watte dringt mein Name zu mir. Fast zeitgleich presst sich etwas Kaltes an meine Wange.

Es dauert etwas, bis ich realisiere, dass es Katis eiskaltes Händchen ist, das mich unter meiner Bettdecke gefunden hat.

Die Hand streichelt sich von meiner Wange weiter zu meinem Nacken und wühlt vorsichtig durch meine Haare.

»Hey Süßer. Es tut mir leid, dass ich dich wecken muss, aber es ist sieben und ich müsste schon längst im Stall sein. Der Schmied kommt gleich. Ich wollte nur nicht einfach so gehen.«

Ich wühle mich unter meiner Decke hervor und schaffe es kaum, die Augen zu öffnen.

»Wie gehts Dir? Du siehst echt schrecklich aus, Chris. Bitte geh nachher zu André und kläre das. Ihr müsst darüber sprechen. Sicher ist alles nur ein Missverständnis.«

Ach ja, da war ja was. Die Erinnerung trifft mich mit voller Wucht. André. Ob der Typ bei ihm übernachtet und ihm ‚seinen Hammer' gezeigt hat? O Gott, bei diesem Gedanken wird mir schlecht.

Ich strample mich schnell aus der Decke, stürze an Kati vorbei ins Badezimmer auf der anderen Flurseite und lasse mich vor die Kloschüssel fallen. Doch es kommt nichts. Nur trockenes Würgen.

Der Klumpen steckt in meinem Magen fest und schon wieder laufen heiße Tränen über meine Wangen.

Ich bekomme kaum Luft und verstehe nicht, warum es mir dermaßen schlecht geht und mich diese Sache so mitnimmt.

»Mensch Chrissy. Was ist denn nur los? Du weißt doch nicht einmal, wer der Typ war und was er bei André wollte. Du solltest dringend mit ihm reden.«

Ich schüttle nur den Kopf, wische mit dem Handrücken über meinen Mund und erhebe mich langsam wieder.

»Chris, du machst mir Angst! Ihr wart nicht mal richtig zusammen und dir geht es schon dermaßen mies? Und das, obwohl du nicht einmal den genauen Grund kennst.« Sie zieht mich in ihre Arme, drückt ihren bebenden Körper an meinen und streichelt mir den Rücken.

Der zunehmende Druck in meinem Inneren lässt mich automatisch mit dem Handballen über das Brustbein reiben. Ha! Als könnte ich den Schmerz wegrubbeln. Was ein Blödsinn.

»Gib mir ein paar Stunden zum Nachdenken, Kati. Ich wollte gestern einfach nur weg und dann die Brücke und die Polizei und ... und irgendwie war alles etwas viel und ich muss mich erstmal sammeln und über alles nachdenken.«

Als Kati gegangen ist, schicke ich Miguel eine Nachricht, dass ich mich nicht wohlfühle und von zu Hause arbeite. Meine Stirn ist warm und mein Kreislauf scheint noch nicht voll da zu sein. Wahrscheinlich habe ich mir zu allem Übel auch noch eine Erkältung eingefangen. Ich schleppe mich durch den Vormittag und schaffe es, mich mit der Arbeit abzulenken.

Nachmittags ruft mich Polizeiobermeister Meister an, um sich zu erkundigen, wie es mir geht. Wahrscheinlich will er sich nur vergewissern, dass ich nicht doch von der nächsten Brücke springe. Trotzdem finde ich es nett von ihm.

Auch Kati schickt mir stündlich Nachrichten, auf die ich mich melden muss. Für den Fall, dass ich das nicht mache, droht sie mir viele unheimliche Dinge an. Mich schüttelt es, als ich etwas von warmem Vanillepudding und Kaffeeentzug lese.

Der Donnerstag zieht vorüber und ich kann mich an kaum etwas erinnern.

Mein Körper fühlt sich innerlich wund an. Alles schmerzt.

Ich schreibe Kati, dass ich früh ins Bett gehe, und mache das tatsächlich. Morgen muss ich mich zusammenreißen.

Der Außentermin steht an und den muss ich unbedingt wahrnehmen.

Das Einschlafen fällt mir wahnsinnig schwer. Meine Gedanken schwirren in meinem Kopf umher wie Motten durch das Licht. Als meine Sehnsucht die Enttäuschung übermannt, lege ich den kleinen Plüschwolf auf mein Kopfkissen. Nase an Nase mit mir.

Er riecht nach André.

Schon wieder kommen mir die Tränen und mein Körper brennt. Ich fühle mich wie ein Vulkan, in dessen Innerem das Magma brodelt.

Irgendwann wache ich schweißgebadet auf. Ich habe geträumt, André hätte mich beim Durchgang durch den Spiegel noch am Oberteil erwischt und mich zurückgezogen. Dann hat mich ein halbnackter, gesichtsloser Typ verhöhnt und mir immer wieder entgegengebrüllt, dass er André nun seinen Hammer zeigen wird. Vollkommen irre.

Da ich nicht mehr einschlafen kann, gehe ich ins Bad, doch unter der Dusche reißt mich ein Weinkrampf in die Tiefe. Alles in mir fühlt sich schwer, dunkel und trostlos an. Diese Szene bei André wirft mich dermaßen aus der Bahn, ich erkenne mich überhaupt nicht wieder. Bin total ausgelaugt. Wie lange ich auf dem Boden sitze und das heiße Wasser auf mich prasselt, weiß ich nicht. Irgendwann schaffe ich es jedoch, mich aus der Lethargie zu befreien und zur Arbeit zu fahren.

Pünktlich um vier Uhr nachmittags stehe ich mit einem Technischen Zeichner aus unserem Büro auf dem Gelände von Oliflex, lasse den Wortschwall des Projektleiters über mich ergehen und versuche, meinen Körper zu ignorieren.

»Können wir dann anfangen?«, will er von mir wissen. Wahrscheinlich hat er gemerkt, dass ich ihm gar nicht zuhöre.

»Nein, wir warten noch auf den Mitarbeiter der Landschaftsgärtnerei«, antwortet ihm mein Mitarbeiter.

»Ah, da hinten kommt jemand. Das wird er sein.« Der Projektleiter tritt von einem Bein auf das andere und schaut über meine Schulter hinweg. »Sind Sie der Landschaftsgärtner?«, ruft er ihm ungeduldig zu.

»Ja. Der Baumkletterer von den Baumseilartisten. Bitte entschuldigen Sie die Verspätung. Beim letzten Termin gab es Verzögerungen.«

Die Stimme des Baumkletterers brennt sich in meine Gehörgänge. Das. Ist. Nicht. Sein. Scheißernst.

»Na, jetzt sind Sie ja da. Das ist Herr Heinze vom Ingenieurbüro Planbar. Aber den kennen Sie sicher schon. Er hat sie ja beauftragt.« Der Projektleiter lacht affektiert. »Sie können später noch ein paar Worte wechseln. Unser Niederlassungsleiter hat einen sehr vollen Terminkalender, daher fangen wir jetzt direkt an. Kommen Sie mal mit.«

André schaut mich mit großen Augen an und bringt nur noch ein ›du?‹ heraus, bevor der Projektleiter ihn am Ellbogen schnappt und mit sich zieht.

Wahrscheinlich hätte er bei diesem Kerl keine Möglichkeit, sich loszumachen, selbst wenn er mir hätte hinterherrennen wollen. Und in diesem Moment bin ich dankbar dafür.

Während der Besprechung muss ich mich stark zusammenreißen, um erstens aktiv teilzunehmen und zweitens nicht sofort das Weite zu suchen. Ich vermeide es, in Andrés Richtung zu schauen. Schlimm genug, dass seine weiche, dunkle Stimme immer wieder meine Gedanken vereinnahmt. Außerdem scheint jede einzelne Zelle in meinem Körper in einem anderen Rhythmus zu pochen, als würden sie an einem verdammten Bongowettbewerb teilnehmen.

Kurz vor Ende des Termins bin ich so durcheinander, dass ich nicht mehr weiß, ob ich André vor Sehnsucht an mich ziehen und mit mir schleifen oder ihn vor Wut ungespitzt in den Boden rammen soll. Vor Wut darüber, dass er mich, ... ja ... was eigentlich? Hintergangen hat er mich per Definition nicht, weil wir kein Paar sind. Und doch scheint es, als bestünde eine starke Bindung zwischen uns. Weil die Zeit mit ihm, auch wenn sie noch so kurz war, sich so verdammt intensiv angefühlt hat. Als wären wir eine Einheit, die zusammengefunden hat. Mir kommt es vor, als sei ich innerlich zerrissen, gleichzeitig scheinen alle Emotionen doppelt in mir widerzuhallen und mir ist plötzlich furchtbar heiß.

In dem Moment, als der Projektleiter die Besprechung für beendet erklärt, drehe ich mich auf dem Absatz herum und stürme zum Auto. André befindet sich Gott sei Dank noch in den Klauen des Kunden und da unser Technischer Zeichner vorhin auf einer anderen Baustelle war und mit einem anderen Firmenwagen gekommen ist, muss ich nicht auf ihn warten. Den Weg nach Hause bekomme ich nur am Rande mit und schicke ein Stoßgebet zum Himmel, dass ich keinen Unfall gebaut habe.

In meiner Wohnung angekommen, reiße ich mir die Klamotten vom Leib und verkrieche mich sofort in mein Bett. Warum fühlt es sich nur so an, als hätte André nach einer jahrzehntelangen Beziehung mit mir Schluss gemacht? Ich reibe mir fest über das Brustbein und kann die Tränen nicht zurückhalten. Wann bin ich zu einer solchen Heulsuse mutiert? Mir ist total elend zumute und minütlich geht es mir schlechter. In meinem Kopf nimmt der Presslufthammer wieder seine Arbeit auf, gleichzeitig ist mir schwindlig und mein Kreislauf macht schlapp.

Ich presse den kleinen Plüschwolf an meine Nase und inhaliere Andrés Duft. Heiße Tränen sickern in sein Schafsjäckchen. Dann drifte ich ab und finde mich in einem irren Alptraum wieder, in dem ich unter Hunderten von Portalen ein bestimmtes finden muss, um zurückzukommen. Hinter jedem falschen Portal grinst mich wieder dieser dämliche, gesichtslose Typ aus meinem Alptraum an.

Irgendwann nehme ich Geräusche wahr. Ich versuche, die Augen zu öffnen, doch meine Lider sind bleischwer und es gelingt mir nur ein kurzes Blinzeln. Ich bilde mir ein, Katis Stimme zu hören.

»Meine Güte, Chris.« Eine kühle Hand legt sich auf meine Stirn. »Was passiert mit ihm? Er scheint hohes Fieber zu haben. Er glüht richtig. Ich hole sofort einen Arzt.«

»Nein. Lass.« Eine sonore Stimme begleitet die schwere Hand, die sich auf meine Schulter senkt. »Ich habe eine Vermutung.«

Ist das Mikes Stimme? Wieso hat Kati Mike mitgebracht?

»Eine Vermutung, Mike? Eine Scheiß-Vermutung? Ist das dein Ernst?«

Wieder antwortet die tiefe Stimme. »Ich habe gespürt, dass es ihm schlecht geht, sonst hätte ich nicht hierher portiert.«

»Aber was jetzt? Was hat er denn? Was heißt, du hast es gespürt?«

»Ich muss seinen Seelenverwandten finden. Den, den er offensichtlich direkt bei seinem ersten Portieren gefunden hat. Wenn ich mit meiner Vermutung richtig liege, kann nur er Chris helfen. Und so fiebrig wie er ist, muss ich mich beeilen.«

»Ich-esse-nur-die-roten-Gummibärchen-André? Das ist sein Seelenverwandter?«

»Du kennst ihn?«

»Nein, nicht direkt. Chris hat mir nur von ihm erzählt.«

Das Gemurmel rückt in den Hintergrund und ich drifte wieder ab. Dieses Mal sehe ich André im Traum. Er spricht mit mir, doch es ist wie ein stumm geschaltetes Video. Ich versuche, mich zu konzentrieren. Seine Lippen formen ein Wort. Immer und immer wieder dasselbe. Es scheint wichtig zu sein, doch ich verstehe es nicht und in mir breitet sich Panik aus.

Kapitel 16

Blutsverbindung

»Chris!«

Eine sonore Bassstimme reißt mich aus meinem Traum.

»Mike?« Meine Stimme hört sich furchtbar fremd und krächzig an.

»Chris. Hast du etwas von André? Ein Foto vielleicht? Oder ein Kleidungsstück? Irgendetwas, damit ich ihn finden kann?«

Was will er von mir? Ich höre ihn, doch in meinem Hirn ist nur Watte. Oder Wolken? So flauschig. So leicht. Ganz im Gegensatz zu meinem Körper, der sich immer mehr anfühlt, wie ein nasser Sack. Ein brennender, nasser Sack. Kann ein nasser Sack brennen?

»Was hat er da in der Hand?« Kati ist also auch noch da.

»Chris, lass das bitte mal los. Was hast du da?« Mike löst jeden meiner Finger einzeln von dem kleinen Plüschwolf. Mein Herz rast. Er wird ihn mir doch nicht wegnehmen? Das Einzige, das mir von André geblieben ist, außer der Erinnerung.

»Chris, ich brauche das kleine Plüschtier. Bitte lass es los. Ich gebe es dir so schnell wie möglich zurück. Versprochen!«

Ich wehre mich mit letzter Kraft. Ich will den Plüschwolf nicht hergeben. Doch meine Finger sind kraftlos und haben dem Portalmeister nichts mehr entgegenzusetzen.

Als der kleine Wolf weg ist, drifte ich ab in eine unendlich erscheinende Dunkelheit.

Ich falle in ein bodenloses, schwarzes Loch. Gleichzeitig droht mein Herz zu bersten.

Es pocht, brennt, reißt.

Mir wird immer heißer.

Der quälende Schmerz in meinem Herzen raubt mir beinahe den Verstand und die Geschwindigkeit des Falls fast den Atem.

Ich japse vergeblich nach Luft und rudere sinnlos mit den Gliedmaßen.

Meine stummen Schreie verhallen ungehört in der alles schluckenden Dunkelheit.

Und ich falle weiter. Immer weiter. Bodenlos. Ich werde von einer Eiseskälte erfasst und die Zeit verstreicht. Alles in mir kommt zum Stillstand, nur mein Herz scheint auszurasten.

Irgendwann habe ich das Gefühl, dass mein Fall abgebremst wird.

Die Kälte, die begonnen hat, sich auch in meinem Inneren auszubreiten, weicht vorsichtig zurück.

Der Fall verlangsamt sich weiter, während sich die Schwere von meinem Körper behäbig löst und dieser allmählich von einer Leichtigkeit gepackt wird, sodass ich nach einiger Zeit mit ausgebreiteten Armen und Beinen wie in einem Floating Tank dahin treibe.

Mein Herz beruhigt sich zunehmend.

Die Dunkelheit lichtet sich ebenfalls und nun sieht es nicht mehr aus wie ein schwarzes Loch, sondern wie ein schwarzer Nachthimmel, an dem Millionen kleine, leuchtende Sterne glitzern.

Ich verliere mich in diesem Anblick und spüre, dass auch der Schmerz aus meinem Körper gleitet.

Plötzlich verschwindet der Nachthimmel. Es dämmert, wird hell und ich liege auf einer Blumenwiese, deren Duft mir in die Nase steigt.

Blumenwiese.

Frühlingswiesengrün.

André.

Das ist kein Blumenduft in meiner Nase, sondern der Duft von André.

Ich atme tief ein, um mich zu vergewissern, und nehme nun auch wieder Geräusche wahr. Es wird immer lebhafter um mich herum. Ich höre Stimmen.

»Er scheint aufzuwachen.« Andrés Stimme. Ich würde sie unter zehntausenden heraushören. Er ist hier? Bei mir? Nicht bei ihm?

»Lasst ihm Zeit. Er scheint es überstanden zu haben.«

War das Mike? Hat er André geholt? Was habe ich überstanden? Ich fühle einen warmen Körper unter der Decke neben mir.

Meine Hand wird von einer anderen umfasst, deren Daumen fortwährend über meinen Handrücken streicht und in meinem Inneren ein kleines, wohltuendes Feuer entfacht.

Nach einigen Anläufen schaffe ich es, meine schweren Lider zu heben, und blicke direkt in das bekannte Frühlingswiesengrün.

»André?« Meine Stimme ist nur ein leises Krächzen.

»Mein Gott, Chris. Du bist wieder wach! Dem Himmel sei dank. Was machst du nur?«

Ich spüre kleine, warme Tropfen, die auf mein Gesicht platschen. Einer davon rinnt über meine Wange, erreicht meinen Mundwinkel und stiehlt sich hinein. In dem Moment, als das salzige Nass meine Zunge erreicht, spüre ich Traurigkeit und Sehnsucht, Sorge und Hoffnung.

All diese Eindrücke spiegeln sich in den feuchten Augen, aus denen André auf mich herabblickt. Er liegt dicht an mich gedrückt, auf einen Ellbogen gestützt. Wieso ist er hier? Wieso weint er? Hat der Hammer-Typ ihn verlassen?

»Chrissi, wie fühlst du dich?« Kati beugt sich von der anderen Seite über mich.

»Ich glaube, ganz gut. Nicht mehr so heiß und wundgeschmirgelt und leer.«

»Dem Himmel sei Dank. Wir haben uns solche Sorgen gemacht. Du hast uns einen gehörigen Schrecken eingejagt.«

»Was war denn mit mir? Ich erinnere mich nur an ganz viel wirres Zeug.«

Mike legt mir eine Hand auf die Stirn. »Gut, dass das Fieber wieder gesunken ist. Du scheinst tatsächlich alles überstanden zu haben.«

»Was habe ich überstanden?«

Der Portalmeister reibt sich mit der anderen Hand über das Gesicht und holt tief Luft. »Du hast unwissentlich etwas sehr Mächtiges ausgelöst, als du Andrés Wunde abgeleckt hast. Eine Blutsverbindung muss normalerweise immer sofort beidseitig geschlossen werden, ansonsten gibt es ein Ungleichgewicht und leider ist das auch direkt eingetreten, als du bei André aus einer ungeklärten Situation geflüchtet bist.« Mike setzt sich zurück auf den Sessel, beugt sich vor und stützt sich mit den Ellbogen auf seine Oberschenkel. »Bei einer vollendeten Blutsverbindung hättest du Andrés Gefühle spüren können und hättest gleich gewusst, wie du die Situation einzuschätzen hast. Stattdessen hast du das Echo deiner eigenen Gefühle gespürt und das hat sich immer weiter aufgeschaukelt.«

»Was wäre gewesen, wenn du André nicht geholt hättest, um die Verbindung zu vollenden?«, will Kati wissen.

Mike seufzt tief und zögert, bevor er antwortet. »Dann wäre Chris an gebrochenem Herzen gestorben.«

Bei diesen Worten muss ich hart schlucken. »Genauso hat es sich angefühlt. Als ob mein Herz auseinanderreißt und ich in bodenlose Dunkelheit falle. Aber das passierte nicht. Stattdessen wurde es plötzlich besser.«

»Das war der Punkt, an dem André dein Blut gekostet und die Verbindung vollendet hat. In dem Moment hat dein Körper ihn gespürt und damit aufgehört, sein eigenes Echo zu verdoppeln.«

Neben mir schluchzt Kati, küsst meine Stirn und streichelt unaufhörlich über meine Wange. »Scheiße Chris. Das hätte richtig ins Auge gehen können. Und ich hab dir noch gesagt: klär das!« Bei den letzten Worten boxt sie mir gegen den Oberarm. »Mach das bloß nie wieder!«

Nach ein paar Minuten nimmt Mike Kati in den Arm und zieht sie mit sich aus dem Schlafzimmer. »Na komm. Lass den beiden ein bisschen Zeit für sich.« Und zu uns gewandt sagt er: »Wir gehen in die Küche. André mach dich bemerkbar, falls es Chris nochmal schlechter gehen sollte.«

Als sich die Tür hinter den beiden geschlossen hat, schaut mich André ernst an. »Ich hatte solche Angst um dich. Versprich mir, dass du nicht wieder wegrennst, wenn du etwas nicht verstehst. Darf ich dir erklären, wer bei mir zu Besuch war und warum?«

Ich nicke, während ich meine Hand unter der Decke hervorhole, sie André in den Nacken lege und seinen Kopf behutsam zu mir ziehe. »Ja, ich würde gern hören, in was ich da hineingeplatzt bin. Aber zuerst möchte ich einen Kuss. Ich habe dich so sehr vermisst.«

Kapitel 17

Harrys Hammersammlung

Andrés Lippen senken sich auf meine und plötzlich wird aus meinen immer noch grauen Gedanken wieder eine prächtige, bunte Welt. »Bitte sag mir, dass du bei mir bleibst. Dass du mich nicht verlässt. Dass du nichts mit dem anderen Kerl hattest. Ich will dich nicht verlieren.« Mein Herz scheint für die Olympischen Spiele zu trainieren und meine Atmung überschlägt sich beinahe bei dem Gedanken, noch einmal ohne André sein zu müssen.

»Schscht. Alles ist gut, Chris. Du wirst mich nicht verlieren. Ich bin hier und bleibe hier. Der andere Kerl war mein Cousin, Harald. Harry ist ein grandioser Heimwerker und er hat mir an diesem Abend nicht nur eine neue Regenbrause in der Dusche installiert, sondern auch eine neue Kloschüssel, weil die alte gerissen war. Ich habe versucht, ihm zu helfen, doch ich habe bei so etwas zwei linke Hände und habe ihn beim Abdichten mit Silikon mächtig eingesaut. Und das mit dem Hammer ist auch nur ein Running Gag, weil Harry tatsächlich eine Hammersammlung zu Hause hat. Ich frage ihn jedes Mal, wenn er zu mir kommt, ob er mir seinen neuen Hammer zeigen möchte, und an diesem Tag hatte er sich wirklich einen neuen gekauft.« André lächelt mich an und haucht mir einen Kuss auf den Mundwinkel. »Du siehst, es war alles total harmlos und du hast aus einer Mücke einen riesigen Elefanten gemacht und damit versehentlich eine mächtige Reaktion in Gang gesetzt.«

»Ach, André. Das zwischen uns hat sich nach wenigen Tagen schon so wahnsinnig intensiv angefühlt und als ich an diesem Abend zu dir kam, hatte ich sofort Panik. Ich kann es gar nicht richtig beschreiben. Ich war einfach am Boden zerstört. Ich wusste selbst nicht, warum mich das so aus der Bahn wirft.«

»Wir haben uns schon so etwas gedacht. Mike meinte, die einseitige Blutsverbindung könnte mit daran schuld sein, weil sie alle Gefühle verdoppelt und du so deine eigenen negativen Emotionen viel intensiver wahrnimmst. Gefühle können erst miteinander geteilt werden, wenn die Verbindung vollendet wurde.«

»Wie hat Mike dich gefunden?«

»Er und Kati haben vermutet, dass der kleine Plüschwolf, den du fest umklammert in der Hand hattest, mir gehört. Mike hat ihn dir abgenommen und konnte damit zu mir portieren. Als Portalmeister braucht er nicht unbedingt ein Bild oder einen richtigen Namen. Ihm reicht ein Artefakt der Zielperson oder des Zielortes.« André lacht, bevor er fortfährt. »Ich hab mich ganz schön erschrocken, als Mike plötzlich in meiner Wohnung auftauchte. Er stand im Flur und brüllte ‚André! Chris braucht dich. Mach und beweg deinen Arsch zu mir. Wir müssen uns beeilen!‘ Es war wie im Film. Hat nur noch gefehlt, dass er eine Knarre zückt.« Sein Gesichtsausdruck wird ernst. »Mir war ziemlich mulmig zumute. Da steht so ein riesiger, fremder Kerl plötzlich in meiner Wohnung und will, dass ich mitkomme.«

»Aber du bist mit ihm gegangen?«

»Klar. Er hatte meinen kleinen Plüsch dabei und es ging ja um dich! Ich musste ihm einfach vertrauen.« André macht eine Pause und küsst meine Nasenspitze. »Mike hat meine Hand genommen und mich mit sich gezogen. Scheiße war das gruselig. Erst als wir hier waren, hat er mir seine Vermutung erklärt und was er vorhatte.«

»Und was war das?«

»Die Blutsverbindung zu vollenden.« André zuckt mit den Schultern. »Bevor ich wusste wie mir geschah, hat Kati dir in den Finger gestochen, Mike hat ein paar Tropfen Blut herausgedrückt und mir deinen Finger in den Mund gesteckt.«

Seine Fingerspitzen vollführen einen liebevollen Tanz auf meiner Stirn.

»In diesem Moment ging ein heftiger Ruck durch dich, du hast laut gestöhnt und dann wurdest du langsam ruhiger. Vorher warst du irre heiß, hattest eine ganz flache, unregelmäßige Atmung und hast dich hin- und hergewälzt. Mike hat mir dann befohlen, mich auszuziehen und mich so eng wie möglich an dich zu kuscheln, damit du mich ganz nah spüren kannst.« Andrés Lächeln wird breiter. »Natürlich habe ich mir das nicht zwei Mal sagen lassen. Und als es dir sichtbar besser ging, hat sich Kati mir erst einmal vorgestellt und dann hat Mike mir alles erklärt. Die ganze irre Geschichte mit den Spiegeln und so.« Er beugt sich zu mir herunter und legt seine Stirn auf meine, während er mir tief in die Augen schaut. »Ich hatte so eine Scheißangst um dich. Du hättest sterben können.«

Seine Lippen senken sich langsam auf meine, unsere Zungenspitzen verlieren sich in einem trägen, zärtlichen Spiel miteinander und ich bekomme den Hauch einer Ahnung, wie es sich anfühlt, wenn sich Gefühle vervielfachen.

Als wir angezogen, Hand in Hand in die Küche kommen, strahlt Kati uns an. »Ihr seht so süß zusammen aus.« Sie steht auf, fliegt mir regelrecht entgegen und küsst mich auf die Wange. »Chrissi, ich bin so froh, dass es dir wieder gut geht.« Ein fragender Blick zu Andre. »Habt ihr euch ausgesprochen?«

André drückt meine Hand und nickt. »Ich habe ihm alles erklärt und Chris hat versprochen, dass er nicht mehr weglaufen wird.«

Ich ziehe André neben mich auf die geräumige Eckbank und wende mich Mike zu. »Was bedeutet diese Blutsverbindung nun?«

Der große Portalmeister, der mit gesenktem Kopf am Tisch sitzt, zieht die Augenbrauen nach oben, hebt den Blick und schaut mich von unten herauf abschätzend an. »Eine vollendete Blutsverbindung bedeutet, dass ihr gegenseitig eure Gefühle spüren könnt. Ihr werdet wissen, ob der andere aufgeregt ist oder ruhig, ihr merkt, ob er lügt oder vollkommen aufrichtig zu euch ist. Alles zwischen euch wird noch intensiver sein als bisher. Im Guten, aber auch im Schlechten. Je näher ihr zusammen seid, desto besser geht es euch, je weiter ihr euch voneinander entfernt, desto schlechter wird es euch gehen. Für Chris bedeutet es, dass er dich, André, nun aufspüren kann, wenn er das möchte. Er kann zu dir portieren, nur in dem er sich auf die Gefühle, die er für dich empfindet, konzentriert. Egal, wo du bist.«

»Aber die Wirkung des Mittels ist begrenzt, wie wir wissen, also werde ich das nicht mehr lange können.«

»Tja«, meint Mike und schaut in der Runde einen nach dem anderen an. »Das mein Lieber, ist noch nicht raus.«

»Was meinst du denn damit? Kannst du die Wirkung verlängern? Oder, halt ... könntest du André nicht auch so eine Tablette geben, damit er zu mir portieren kann?«

»Nein, das wird nichts. Die Tabletten sind nur eine kurzfristige Notlösung. Für André gibt es nur eine Möglichkeit. Nur wenn er einen Portalschlüssel findet, wird er mit dessen Hilfe portieren können. Und einen passenden Portalschlüssel gibt es nicht für alle Menschen.«

»Was ist ein Portalschlüssel?«, will Kati wissen.

»Das ist ein kleines Artefakt, mit dem ein Mensch in bestimmten Fällen portieren kann. Das kann wirklich ein Schlüssel sein, oder ein Foto oder eine Kette oder ... was auch immer. Es handelt sich immer um persönliche

Gegenstände. In dem Moment, wo ein Mensch bewusst einen Portalschlüssel sucht und dieser auch existiert, wird diese Person wissen, welcher Gegenstand es ist.

»Und ich muss auch einen finden, wenn die Tablette nicht mehr wirkt?« Ich habe das Gefühl, gedanklich überhaupt nicht mehr mitzukommen.

»Du wirst keinen Portalschlüssel brauchen.« Mikes Blick bohrt sich nun in meinen. »Du trägst die Fähigkeit bereits in dir. Dein Vater war ein Portalmeister.«

Kapitel 18

Unsterblich

»Mein Vater war was?« Ich bin sprachlos. Meine Gedanken rasen wie verrückt in meinem Kopf umher und versuchen, die Bedeutung und Tragweite dieser Offenbarung zu erfassen.

»Aber hätte Chris dann nicht schon immer portieren können?«, will Kati wissen.

»Nicht unbedingt, nein. Alle Porter tragen ihre Gabe in sich, doch nicht bei allen ist sie sofort aktiv. Manchmal braucht es einen Trigger, um sie zu aktivieren. Ich nehme an, in Chris' Fall war die Tablette der Trigger.«

»Ist er nun auch ein Portalmeister?« André legt einen Arm um mich und zieht mich enger zu sich.

»Noch nicht. Aber er kann es werden. Er ist immerhin ein Porter. Er wird lernen müssen, die anderen Medien für sich zu nutzen.« Und an mich gewandt erklärt Mike: »Wenn du es möchtest, bin ich gerne dein Mentor und helfe dir, deine Fähigkeiten auszubauen und deine neue Welt zu erkunden.« Sein Blick ist tief, traurig und doch unergründlich. Mike verbirgt irgendetwas, doch ich bin gerade nicht in der Lage, weiter darüber nachzudenken.

Ich bin sehr gerührt und gleichzeitig heillos überfordert.

Mikes poolblaue Augen ruhen immer noch schwer auf mir.

Bei diesem durchdringenden Blick flammt plötzlich eine Empfindung in mir auf. Ein schwaches Echo eines sehr mächtigen Gefühls.

»Warum schüttelst du den Kopf?« Sein Blick spiegelt Skepsis wider.

»Ich weiß nicht, da war gerade ein Gefühl. Ich ... egal.« Ich atme tief durch und schaue den Portalmeister an. »Ich würde mich sehr freuen, wenn du mich unterstützen würdest Mike. Aber zuerst muss ich mich an den Gedanken gewöhnen und die ganzen neuen Informationen verdauen. Ich habe das Gefühl, dass ich mein komplettes Leben sortieren muss, bevor ich mich mit etwas Neuem beschäftigen kann. Das Portieren allein ist schon aufregend und beängstigend genug.« Leise füge ich hinzu: »Ich habe kaum Erinnerungen oder Erinnerungsstücke von meinen Eltern. Lediglich ein paar Fotos. Vielleicht werde ich zuerst einmal versuchen, noch etwas über sie in Erfahrung zu bringen. Ich weiß nur leider nicht, wo ich da anfangen soll. Meine Pflegeeltern konnten mir damals schon nicht weiterhelfen, als ich sie über meine Eltern ausgefragt habe.«

André dreht meinen Kopf zu sich. »Hey, Blutsbruder. Nicht traurig sein. Du bist nicht mehr allein. Du hast Kati und Mike und mich. Ich werde ab jetzt immer für dich da sein.« Er streicht liebevoll mit seinen Lippen über meine, bevor er mich küsst und meine Nervenenden damit in helle Aufregung versetzt.

»Wow«, bringe ich keuchend hervor.

Mikes Mundwinkel verziehen sich kurz zu einem Grinsen. »Ich hab doch gesagt, alles wird intensiver.«

»Ich glaube, den nächsten Kuss bekommst du erst, wenn wir allein sind. Sonst kann ich für nichts mehr garantieren«, wispert André mir kaum hörbar ins Ohr und legt, verborgen für die anderen, unter dem Tisch meine Hand auf eine beachtliche Beule in seinem Schritt.

Ich habe alle Mühe, ein überraschtes Keuchen zu unterdrücken.

Kati rutscht unruhig auf ihrem Stuhl herum und räuspert sich. »Ich unterbreche euch Turteltäubchen nur ungern, aber ich habe Fragen.« Ihr Blick schweift wieder zurück zu Mike. »Woher wusstest du, dass Chris‘ Vater ein Portalmeister war?«

Stille.

»Mike? Kanntest du meinen Vater?« Meine Stimme ist nur ein Flüstern.

Mike nickt zögerlich und meidet meinen Blick. »Er war mein bester Freund.«

Oh.

»Dann kanntest du auch Chris bereits. Nicht wahr?« Kati wartet nun mit ihrer einmaligen Verhörtechnik auf.

Wieder ein Nicken von Mike.

Ich weiß nicht, was ich sagen soll. Ich versuche immer noch, alle Informationen zu verarbeiten.

Mike holt tief Luft. »Ich habe deiner Mutter am Tag deiner Geburt geschworen, immer auf dich aufzupassen. Lia und Dirk haben dich vergöttert. Wir wollten, dass du ein unbeschwertes Leben führen kannst, ohne die Last deiner Gabe. Ein Portalmeister zu sein, heißt auch, eine große Verantwortung zu übernehmen. Wir alle haben gehofft, dass du deine Fähigkeit nicht entdeckst.«

»Dann hast du dein Versprechen ihnen gegenüber gebrochen, als du Chris die Tablette gegeben hast?«, will Kati wissen.

»Nein, ich habe gespürt, dass Chris nicht glücklich ist und wusste, dass es immer schlimmer werden würde. Ich habe seinen innigsten Wunsch gespürt und ihm geholfen. Dafür musste ich in Kauf nehmen, dass er entdeckt, wer er ist.«

»Du hast mir geholfen, André zu finden. Dafür werde ich dir immer dankbar sein.«

Mike greift über den Tisch und umfasst meine Hand. »Ich war dein ganzes Leben lang in deiner Nähe. Ich habe immer auf dich aufgepasst. Daran wird sich auch jetzt nichts ändern. Wenn du mich brauchst, bin ich für dich da. Jederzeit.«

Kati interveniert erneut. »Wie alt bist du, Mike? Bist du sterblich?«

»Jein. Unsterblich bin ich nicht, aber es gibt nur wenige Ereignisse, die den Tod eines Portalmeisters herbeiführen können.«

»Ein Unfall?« Kati fixiert Mike mit ihrem Blick, doch Mike schweigt.

»Mike?«

Bevor ich erfassen kann, worauf Kati mit dieser Frage hinaus will, zieht mich André in eine Umarmung. Ein bisschen unheimlich ist es schon, dass er auf meine Gefühle reagiert, bevor ich selbst weiß, was los ist.

»Nein. Der Unfall war nicht tödlich für ihn. Das willst du doch wissen, oder?«

»Wie ist Chris' Vater dann gestorben?«

Stille.

Mein Herz rast.

Andrés Hand streichelt unablässig meinen Rücken, er haucht mir fortwährend Küsse auf die Schläfe und beruhigt mich auf diese Weise. Ich kann spüren, dass auch er aufgeregt ist. Wie sich mein Herzrasen wohl für ihn anfühlt?

Mike schaut mich an und ich kann den mit blauer Flamme brennenden Schmerz in seinen Augen sehen. Er seufzt. »Deine Mutter war menschlich, normalsterblich und hat den Unfall nicht überlebt. Ihr Mann hat noch zwei Tage im Krankenhaus gelegen. Für die Ärzte war es ein komatöser Zustand. Aber das war es nicht. Du Chris, du weißt, wo er war. Du bist den Weg in den vergangenen Stunden ein Stück weit gegangen.« Ein beängstigender, gutturaler Laut verlässt Mikes Kehle. Er schließt seine Augen einen Moment, bevor er sich mit der Hand über das Gesicht wischt und fortfährt. »Er ist an gebrochenem Herzen gestorben.« Die Augenfarbe des Portalmeisters wechselt für Sekundenbruchteile in ein stürmisches Meeresblau. »Ich kann gar nicht in Worte fassen, wie froh und erleichtert ich bin, dass ich André finden und dich retten konnte. Ich hätte es nicht ertragen, dich auch noch zu verlieren, mein ... Freund.«

Nach diesem emotionalen Geständnis sitzen wir alle still und mit nachdenklichen Mienen am Tisch.

Ich greife nach Mikes Hand, um ihm meine Dankbarkeit und Verbundenheit auszudrücken, während André seinen Arm um meine Taille legt und mir Halt gibt.

Auch Sherlock Kati scheint die Situation nahezugehen.

***

Rund eine Stunde später sitzen wir immer noch in der Küche, jetzt aber jeder mit einer Pizza bewaffnet.

Mike hat sich in die Nähe meiner Stamm-Pizzeria portiert und uns ein Mittagessen besorgt, nachdem unsere Mägen gemeinschaftlich geknurrt haben, wie ein Rudel ausgehungerter Wölfe.

So wie ich immer friere beim Portieren, ist es ein Wunder, dass die Pizzen nicht schockgefrostet sind.

In der letzten Stunde hat Mike uns von meiner Familie erzählt. Mittlerweile brummt mir der Schädel und ich glaube, ich werde noch einige Tage brauchen, um das alles zu verdauen und es wirklich zu verstehen.

Nach dem Essen bin ich total k. o., daher verabreden wir uns für morgen und Kati und Mike verabschieden sich.

Dann bin ich mit André allein.

Kapitel 19

Intensiv

Ich stehe in meinem Wohnzimmer an der Panoramascheibe, genieße den Ausblick auf das Mainufer und sortiere meine Gedanken, als sich plötzlich eine Gänsehaut in meinem Nacken bildet. Ich spüre André überdeutlich, noch bevor er den Raum betritt.

Er nähert sich langsam, schmiegt sich an meinen Rücken und schlingt von hinten seine Arme um meine Brust. Sein Kinn legt er auf meine Schulter und reibt liebevoll seine Wange an meiner.

Die neue Vertrautheit geht mir durch und durch und legt sich wie eine wärmende Decke um mich. Nach mehr hungernd, lehne ich mich an ihn und schließe die Augen, um ihn stärker mit meinen Sinnen wahrnehmen zu können.

»Alles okay mit dir?«, will er wissen.

»Hhmm. Jetzt wo du bei mir bist, gehts mir gut.« Ich drehe mich in seiner Umarmung, sodass ich in seine wundervollen, grünen Augen schauen kann. »Wir sind jetzt fest zusammen, ja? Du gehörst zu mir und ich gehöre zu dir?

Keiner trennt uns?« Ich muss mich einfach vergewissern. Es laut aussprechen. Es von ihm hören.

»Ja, mein Schatz.« Andrés Lächeln haut mich fast aus der Bahn, so schön sieht er damit aus. Ich bewundere seine funkelnden Augen, die gerade Nase mit den lustigen Sommersprossen und den gepflegten Dreitagebart.

Er zieht mich ganz eng zu sich, seine Lippen legen sich auf meine und sofort geht in meinen Nervensträngen der Punk ab. Andrés Zunge schiebt sich langsam in meinen Mund, umspielt meine Zunge, kostet, tastet und liebkost sie.

Ich kann seinen Herzschlag spüren. Überdeutlich hallt er in meinem Körper wieder.

Andrés Erregung mischt sich mit meiner. Wenn es bei einem einfachen Kuss schon so berauschend ist, wie fühlt es sich wohl an, wenn wir weitergehen?

»Bett?« Andrés tiefe, raue Stimme vibriert an meinem Mund, nimmt mich gefangen und ich bringe nur ein Nicken zustande. Er schiebt mich, immer noch in enger Umarmung, durch das Wohnzimmer, ohne seine Lippen von meinen zu lösen.

Wir taumeln durch den Flur ins Schlafzimmer, als wären wir eine untrennbare Einheit.

Als ich das Bett an meinen Waden spüre, legen sich Andrés warme Finger auf meine Taille und schieben sich unter mein Shirt.

Sie fühlen sich an wie das Prickeln von brennenden Wunderkerzen auf der Haut. Sie tasten sich weiter voran, umspielen meine erigierten Brustwarzen und fahren hauchzart über meine Schlüsselbeine.

Dann wird André ungeduldig, zieht mir mit einem Ruck das Shirt über den Kopf und drückt mich mit seinem Gewicht auf das Bett.

Es ist ein unbeschreiblich erhebendes Gefühl, das mich grinsen lässt.

Mit meiner Hose samt Boxerslip macht er kurzen Prozess. Während er sich ebenfalls seiner Kleidung entledigt, robbe ich mich langsam rückwärts auf das Bett und bewundere Andrés definierten Körper.

Ich könnte ihn stundenlang ansehen.

Weiche, gebräunte Haut spannt sich über gut trainierte Muskeln und Sehnen.

Und dann ist es endlich so weit.

André kniet sich auf die Matratze und schiebt seinen Wahnsinnskörper über mich.

Die Stellen, an denen wir uns berühren, stehen sofort in Flammen, brennen lichterloh und wachsen in meinem Inneren zu einem Inferno heran.

Sein hartes Glied streift meines und wir stöhnen beide laut, so intensiv fühlt sich diese flüchtige Berührung an.

»O Gott, Chris. Das ist so ... so ...«

»Gut?«, keuche ich.

»Das wäre die Untertreibung des Jahrhunderts. Wenn es jetzt schon so intensiv ist, dann hoffe ich, dass ich später den Orgasmus überlebe.«

»Wenn es so weitergeht, ist ‚später‘ ziemlich bald.« Ich ziehe Andrés Kopf an seinem Nacken zu mir herunter. Ich brauche noch einen von diesen spektakulären Küssen.

»Hast du ...«

»Nachttischschublade.«

André beugt sich zu meinem Nachttisch und angelt zwei Tütchen heraus. »Willst du überhaupt?«

»Ist das eine rhetorische Frage oder fragst du fürs Protokoll?«

»Ich will dich nicht überrumpeln.« André legt sich wieder auf mich, vergräbt seine Nase an meiner Halsbeuge und streichelt mit einer Hand meine Flanke. »Wir müssen nicht gleich in die Vollen gehen. Sag mir, wenn ich zu schnell bin, ja?«

Dieser Kerl ist reinster Zucker. So rücksichtsvoll, so liebevoll.

»Womit hab ich dich nur verdient?«, flüstere ich, kraule seinen Nacken und schicke meine andere Hand auf Erkundungstour über seinen Rücken. Fahre mit den Fingerspitzen die Hügel und Täler nach und nehme den Widerhall seiner Gefühle in meinem Körper wahr. Es ist unbeschreiblich, die Emotionen nicht nur auf mir zu spüren, wie eine Gänsehaut oder Gefühle in der Mimik und Gestik meines Gegenübers zu sehen, sondern all das tief in mir drin zu fühlen. »Carte blanche, André. Mach mit mir, was du willst. Alles ist okay für mich, solange es nur mit dir passiert.«

André stützt sich hoch und schaut mich an. »Seit du das erste Mal durch meinen Spiegel gefallen bist, wünsche ich mir genau das hier. Dass ich dich in aller Ruhe anschauen darf, jeden Winkel deines perfekten Körpers mit allen Sinnen erkunden und dich verwöhnen darf.« Er streichelt mit den Fingerknöcheln zart über meine Wange, dann legen sich seine Lippen erneut auf meine.

Seine Zunge streicht sacht über meine Lippen und er knabbert vorsichtig an meiner Unterlippe.

Ein Schauer nach dem anderen jagt, meine Wirbelsäule umkreisend, meinen Rücken hinab.

»Du wartest darauf, seit ich durch deinen Spiegel gefallen bin? Und trotzdem hattest du einen verdammten Baseballschläger in der Hand. Begrüßt man so seinen Seelenverwandten?«

André antwortet nicht. Er lacht nur und greift nach den Tütchen, drückt sich Gleitgel auf die Hand und verteilt es großzügig erst auf seiner Erektion und dann auf meiner. Dann beugt er sich wieder über mich und während er Küsse auf meinen Hals tupft, nimmt er uns beide in die Hand und streicht langsam auf und ab. Mal verstärkt er den Druck, mal nimmt er ihn wieder weg.

»André ...« Ich bringe seinen Namen nur noch keuchend heraus.

In seinen glasigen Augen spiegelt sich die Lust, die sich gleichzeitig wie eine heiße Welle in mir ausbreitet. »Fuck, Chris. Du bist so sexy.«

Ich halte es kaum aus, kralle meine Finger in seine perfekten, runden Pobacken und ziehe ihn so nah wie möglich zu mir.

André löst seine Hand und lässt diese zwischen uns weiter hinab wandern, packt meinen Hodensack und spielt damit, fährt dann mit den Fingern über meinen Damm, bis er da ankommt, wo ich mir seinen Schwanz wünsche.

»André,... bitte.« Ich drücke mich seinen Fingern entgegen.

Da sie noch glitschig sind, gleiten sie ohne Mühe in mich hinein. Füllen mich auf der Stelle aus. Ich will mehr, doch André lässt sich Zeit, erkundet mich, bereitet mich vor.

Er hat sich gemerkt, dass mein letztes Mal ein paar Jahre her ist und sorgt sich so um mich, dass es mir die Tränen in die Augen treibt.

»Es ist alles okay oder?« Er hält inne und mustert mich. »Ich spüre, dass du aufgewühlt bist.«

»Alles gut, Babe. Es berührt mich nur, wie sehr du dich um mich sorgst.«

Sein warmes Lächeln lässt mich dahinschmelzen. »Bist du bereit?«

»All in, Babe. Ich weiß nicht, wie lange ich durchhalte. Ich bin so kurz davor«, stöhne ich und winde mich vor Lust auf dem Laken.

»Na, wenigstens kommst du heute nicht in deine Hose.« André lacht, bevor er sich eilig das Kondom überzieht und seine Eichel an meinen Eingang dirigiert.

Wir stöhnen beide vor überschwappenden Gefühlen laut auf und jegliches Lachen weicht völliger Hingabe.

»Fuck, Chris, das ist so wahnsinnig intensiv«, japst André. »Du bist so eng und deine Gefühle in mir zu spüren, lässt mich innerlich brennen. Ich glaube, ich explodiere gleich.«

»Beweg dich«, flehe ich. »Bitte, lass mich kommen. Ich halte es nicht mehr aus.« Auch ich weiß nicht mehr wohin mit all den auf mich einstürzenden Emotionen und deren mehrfachem Widerhall in meinem Inneren. Plötzlich scheint alles zu viel. Jedes Einzelne meiner Organe scheint in einem anderen Ton zu summen und doch klingen alle im Gleichklang einer wunderbaren Melodie.

André drückt meine Knie weiter nach oben und zieht sich etwas zurück, um langsam aber kraftvoll in mich zu stoßen. Als er dabei den sensibelsten aller Punkte in mir trifft, kann ich einen Schrei nicht mehr zurückhalten. André scheint zu fühlen, dass alles okay ist, und nimmt nun einen schnelleren, härteren Rhythmus auf, streift bei jedem Stoß meine Prostata und hebt mich damit hinauf zu den Sternen.

Ich werde von einem Orgasmus überrollt, der alle bisherigen in den Schatten stellt. Eine machtvolle Welle bricht über mich herein, die mich in meinen und Andrés Gefühlen zu ertränken droht. Vollkommen überreizt von den Emotionen der Verbundenheit tauche ich in einen Schwebezustand, getragen von pulsierendem Adrenalin und taumelnder Glückseligkeit.

Während ich aus der melancholischen Schwere meiner Emotionen emporkomme, ist André das komplette Gegenteil.

»Scheiße, war das geil.« André lacht und überzieht mein Gesicht mit Küssen. Er kniet zwischen meinen Beinen und ist vollkommen überdreht, während ihm von der Anstrengung Schweißperlen über die Schläfen laufen. »Das war der beste Sex meines Lebens.«

Kapitel 20

Thor ohne Hammer

»Wollen wir nachher zu Mike?«, fragt mich André beim Sonntagsfrühstück in meiner Küche. »Ich würde gerne mehr zu der Suche nach dem Portalschlüssel wissen.«

Meine Gedanken hängen immer noch im Gestern, bei der Erinnerung an die Wahnsinnsgefühle, überbordenden Emotionen und spektakulären ...

»Hörst du mir zu?« André rutscht auf der Eckbank näher an mich heran und pikst mir mit einem Finger in die Rippen. »Oder muss ich dich erst kitzeln, um deine Aufmerksamkeit zu bekommen?«

»Was? Ja, ... doch, ich höre dir zu.« Ich schenke meinem Freund nun meine volle Aufmerksamkeit. Gleichzeitig erhellt sich meine Miene bei dem Gedanken daran, dass André nun tatsächlich mein fester Freund ist. Wahnsinn, wie schnell das ging und wie intensiv unsere Gefühle zueinander bereits sind. In mir breitet sich wieder wohliges Glückskribbeln aus.

»Was hältst du davon, mit der U-Bahn zur Messe zu fahren und von dort einen Spaziergang zu Mike zu machen? Frische Luft würde uns guttun.«

Gesagt, getan. Rund eine Stunde später steigen wir, mit ineinander verschlungen Händen und jeder mit einem verliebten Grinsen im Gesicht, aus der U-Bahn. Wir laufen quer über das Messegelände in südliche Richtung, wo sich Hochhäuser und Tower aneinanderreihen und die typische Skyline der Stadt bilden.

Nach ein paar hundert Metern bemerke ich bei André eine innere Unruhe. Er schaut immer wieder nach oben und streicht sich nachdenklich mit der Hand über die Vorderseite seines Halses, bleibt kurz stehen, überlegt und geht langsam weiter.

»Sag mal, Süßer, was wird das?«, will ich wissen.

»Ich bin mir nicht sicher. Ich habe so ein komisches Gefühl, aber ich kann es nicht beschreiben. Wie wenn du in einem Ameisenhaufen stehst. Nur halt innerlich. Irgendwie. Aaaarggh. Das macht mich gerade ganz kirre.«

Ich drücke mitfühlend seine Hand und versuche, jedes kleine Detail seiner Gefühle wahrzunehmen, das in mir widerhallt.

Am Fuße des nächsten Hochhauskomplexes bleibt er abrupt stehen. »Hier. Ich muss hier rein.«

»André!« Plötzlich spüre ich ein heftiges Kribbeln von meinem Freund ausgehen und bin mächtig aufgeregt. »Meinst du, dein Portalschlüssel ist hier? Warst du überhaupt schon einmal in diesem Gebäude? Hast du einen Bezug dazu?« Ich schaue an der Fassade hinauf und wundere mich, wie schnell sich unser Alltag verändert. Kaum wissen wir um die Existenz von Portalschlüsseln, spürt André auch schon, dass er einen hat. Wahnsinn.

»Ja, das habe ich wirklich. Bei meinem letzten Arbeitgeber war ich als Industriekletterer angestellt und habe in der Glaskuppel dort oben mit meinem Kollegen verschiedene Sicherungsinstallationen an den Stahlträgern überprüft.«

Tatsächlich sieht man sogar von hier unten die Basis der riesigen Kuppel, die das mittlerste der drei zusammenhängenden Gebäude überspannt.

Ein Studienkollege von mir arbeitet bei der Firma, die dieses Gebäude gebaut hat, und hatte mir damals davon erzählt. Ursprünglich sollte auf dem Dach unter eben dieser Kuppel eine Erholungsstätte für die Angestellten des darin angesiedelten Unternehmens eingerichtet werden. Die Kuppel ist so hoch, dass darin locker Palmen aufgestellt werden könnten. Was letztendlich daraus wurde, habe ich nicht weiter verfolgt.

»Und wieso denkst du, dass hier dein Portalschlüssel zu finden ist? Das würde ja bedeuten, dass dort oben ein persönlicher Gegenstand von dir liegt.«

André schaut mich völlig aufgeregt an und zappelt auf dem Gehweg herum. »Mir ist damals ein Knopf von meinem Overall abgerissen.«

»Es wird sicher nicht leicht, in die Kuppel zu gelangen. Normalerweise benötigt man sogar eine Berechtigung, um den Aufzug benutzen zu können.«

André grinst. »Nichts leichter als das.« Er zückt sein Portemonnaie und zieht eine grün-weiße Plastikkarte heraus. »Zufälligerweise ist mein jetziger Arbeitgeber für die Pflege der Pflanzen in diesem Gebäude zuständig.«

Im Inneren übernimmt André die Führung. Er grüßt überschwänglich den Portier im Foyer und läuft selbstbewusst durch die große Eingangshalle zu den Aufzügen.

Dank seines Ausweises gelangen wir bis in das oberste Stockwerk. Hier befinden sich eine Raucherlounge, eine Leseecke, ein Fitnessstudio und weitere Räumlichkeiten. Also das, was ursprünglich unter der Kuppel eingerichtet werden sollte. Weiter kommen wir jedoch nicht.

Die Tür zum Treppenhaus, welches unter das gläserne Dach führt, ist geschlossen und selbst mit Andrés Ausweis kommen wir nicht weiter.

»Mist. Wäre auch zu schön gewesen«, motzt André und trippelt neben mir herum.

»Hey, ich habe eine Idee.« Ich lege meine Hände an seine Wangen und versuche, seine Aufmerksamkeit mit einem Kuss auf mich zu fokussieren. »Du erklärst mir jetzt, wie es da oben aussieht. Also so, wie du es in Erinnerung hast. Und dann sagst du mir, an welcher Stelle du dort deinen Knopf verloren hast. Ich portiere in die Kuppel, suche ihn und komme so schnell wie möglich zurück.«

»Kannst du mich beim Portieren nicht mitnehmen? Mike sagte doch, dass das ginge.«

»Ich habe das noch nie gemacht. Was, wenn etwas schiefläuft? Nein, nein. Hier, in dem für mich unbekannten Gebäude, möchte ich das nicht ausprobieren. Wenn du spürst, dass der Knopf noch da ist, dann wird er dort oben liegen und ich werde ihn finden und zu dir bringen.«

André stößt ein tiefes Seufzen aus. »Okaaaay.« Dann erklärt er mir, an welcher Stelle er sein müsste.

»Ähm...« Ich schaue mich suchend um.

»Was?«

»Ohne Spiegel kann ich nicht portieren.« Auf einmal scheint der ganze Plan zu scheitern.

»Dort oben war damals eine Spiegelfläche im hinteren Teil. Und hier unten ...« André zieht mich stirnrunzelnd zu einer Tür.

Klar, das Fitnessstudio. Die Tür ist zum Glück unverschlossen und der große Trainingsraum ist menschenleer. Die kurze Wand neben uns ist vollverspiegelt. Hervorragend.

Unter dem riesigen halbrunden Dach scheint sich kaum etwas verändert zu haben, seit André zum letzten Mal hier war. Die Spiegelfläche gibt es zwar nicht mehr, aber Spiegelfolie im Glas scheint genauso zu funktionieren, denn ich bin durch eine verspiegelte Tür an der rückwärtigen Wand in die Kuppel gelangt. Ansonsten sieht alles so aus, wie André es mir beschrieben hat. Die ursprünglichen Pläne zur Verwendung der Kuppel scheinen nie umgesetzt worden zu sein. Sehr verwunderlich. Keine Firma würde eine solche freie Fläche ungenutzt lassen. Wirtschaftlich ist das nicht. Es sieht alles sehr unfertig aus hier oben. Als hätte man etwas angefangen, es aber nicht zu Ende gebracht.

Ich weiß nicht, wie ich es anders beschreiben soll.

Der Boden besteht aus überdimensional großen Betonplatten, die auf einer Art Kiesschicht liegen.

Ich sehe mich neugierig um und genieße einen Moment den spektakulären Ausblick. Nachts muss es hier unbeschreiblich sein. Ich stelle mir vor, wie es wohl wäre, hier zu liegen und durch das riesige gläserne Dach die Sterne zu beobachten.

Plötzlich ändert sich die Stimmung und eine unheimliche und bedrohliche Aura breitet sich in diesem Raum unter der mächtigen Kuppel aus.

Ein beklemmendes Summen legt sich auf meine Brust. Meine Nackenhaare stellen sich auf und erste Schweißperlen bilden sich auf der Stirn. Ich stehe heftig keuchend in diesem leeren, erdrückenden Raum und presse den Handballen fest auf mein Brustbein, um diesem furchteinflößenden Gefühl entgegenzuwirken.

Nur ganz langsam weichen die Spannung und die Düsterkeit aus mir. Wow. Was war *das* denn?

Es dauert ein paar Minuten, bis wieder alles normal wirkt, also rufe ich mich zur Ordnung. Immerhin habe ich einen Auftrag. Ich laufe schnell zu der Stelle, die André mir beschrieben hat und tatsächlich, nach kurzer Suche finde ich den kleinen blauen Knopf in einer Fuge zwischen den Platten. Da mein Finger nicht in den kleinen Zwischenraum passt, muss ich improvisieren. Mit einem Zweieurostück, das ich in meiner Hosentasche finde, schaffe ich es, den Knopf herauszupulen.

»Ha!« Ich halte das gute Stück triumphierend in der Hand und stoße die Faust in den Himmel. Ich will direkt zum Spiegel zurück, doch zuerst verstaue ich den Knopf in der Hosentasche. Nicht, dass er mir versehentlich beim Portieren aus der Hand fällt.

Plötzlich ändert sich die Stimmung erneut, meine Nackenhaare stellen sich sofort wieder auf und im Magen breitet sich ein flaues Gefühl aus. Das bedrohliche Summen in meinem Inneren ist zurück.

»Wer bist du und was machst du hier?« Eine fremde Stimme donnert durch den Raum und lässt die Luft erzittern.

Ich wirbele auf dem Absatz herum und erkenne am anderen Ende der Kuppel eine riesige Gestalt. Wenn ich bisher dachte, dass Mike eine große Erscheinung sei, werde ich gerade eines Besseren belehrt. Der Typ wirkt, als sei er Thor persönlich. Nur ohne Hammer.

»Was. Willst. Du?« Wow, der Lärmpegel eines startenden Flugzeugs ist ein Scheiß gegen diese Stimme.

»Ich ... ähm.« Was sage ich diesem Typ denn jetzt? »Mein Freund hat hier etwas verloren und ich helfe ihm, es wiederzufinden.«

»Wie bist du hier hereingekommen?«

Gute Frage.

»Durch das Treppenhaus?«

»Das habe ich persönlich verschlossen!«

Oh. Mist. Ich versuche, mich langsam in Richtung der Spiegelfläche zu bewegen, als mich plötzlich etwas Großes erfasst und durch die Luft schleudert. Für einen Sekundenbruchteil denke ich noch ›krass‹, dann knalle ich mit dem Rücken an die Glasscheibe. Ein heftiger Schmerz durchfährt mich, als ich gleich danach auf dem Boden aufschlage. Hektisch sehe ich mich nach dem Spiegel um. Der Boden bebt und ich sehe, wie der Hüne mit großen Schritten auf mich zukommt. Fuck.

»So, du willst zum Spiegel, hhmm?« Sein schallendes Lachen fährt mir durch Mark und Bein. »Du bist also einer von uns?« Das Lachen erstirbt abrupt. »Wer bist du und wer hat dich geschickt?«

»Mich? Geschickt?« Was will der von mir? Ich schaue hinauf und mein Blick heftet sich sofort auf seine Augen. Sie ähneln denen von Mike, doch die des Kerls vor mir sind nicht poolblau, sondern leuchtend orange mit gelbroten Sprenkeln. Wie glühende Kohle, wenn sie angepustet wird. Ich komme nicht dazu, weiter darüber nachzudenken.

Der Typ hebt seine Hand und schon schleudert er mich mit einer Druckwelle quer durch die Kuppel.

Ich fühle mich ein bisschen wie im Film. Darth Vader habe ich mir ohne Maske irgendwie anders vorgestellt.

Der Aufschlag presst mir schlagartig die Luft aus den Lungenflügeln und als ich dieses Mal auf dem Boden aufschlage, fährt ein stechender Schmerz durch meinen Fuß.

Mein Kopf fühlt sich an, wie eine Bowlingkugel, die gerade alle Pins abgeräumt hat, und mir wird schwarz vor Augen.

»Ty! Lass den Jungen in Ruhe!«

Gott sei Dank, Mike ist hier. Er wird mich hier rausholen.

»Hey, Süßer. Ich bin hier. Was ist mit dir? Kannst du aufstehen?«

Endlich schaffe ich es, meine Augen zu öffnen. »André! Wie kommst du hierher?«

»Später. Wir müssen uns beeilen. Mike lenkt diesen Typen ab und ich portiere mit dir hier raus. Mike hat mir erklärt, wie es funktioniert. Hast du den Knopf?«

Ich fummle das kleine Artefakt aus meiner Hosentasche und gebe es André.

Er schließt sofort seine Faust darum, setzt sich hinter mich und nimmt mich fest in den Arm.

Dann wird mir kalt.

Kapitel 21

Enthüllung

»Wie ... wie hast du denn das gemacht?«, will ich wissen, als wir weich auf Andrés Bett gelandet sind.

»Was meinst du?« Er grinst über beide Backen und weiß genau, was ich meine.

»Na, wir haben kein Medium benutzt, zum Portieren. Seit wann beherrschst du das Beamen, Scotti?«

»Mike hat mir erklärt, dass ich kein Medium zum Portieren brauche. Aber ich bin stark eingeschränkt. Der Portalschlüssel funktioniert nur innerhalb einer Blutsverbindung. Ich kann nur zu deinem Blut portieren, also zu dir oder an einen Ort, an dem du Blut verloren hast. Oder zurück nach Hause«, informiert mich André. »Aber jetzt lass mich erst einmal nach deinem Fuß schauen.« Er zieht mir äußerst vorsichtig Schuh und Strumpf aus und betastet dann mein geschwollenes Sprunggelenk. »Tut das sehr weh? Kannst du es bewegen?«

Nach einigen Bewegungsübungen kommen wir zu der Erkenntnis, dass das Gelenk wahrscheinlich nur verstaucht oder geprellt ist, weil ich damit auf dem Boden aufgeschlagen bin. Ich kann sogar vorsichtig auftreten.

»Okay, gebrochen oder gerissen scheint nichts. Nicht, dass ich den Röntgenblick hätte, aber ich würde mal abwarten. Was meinst du? Sparen wir uns den Ausflug ins Krankenhaus? Und du legst dich wieder hin und ich hole etwas zum Kühlen?« André wirft einen Blick auf seine Uhr. »Ich verstehe nicht, wo Mike so lange bleibt. Ich mache mir echt Sorgen.«

»Wir könnten uns ablenken, bis er sich meldet.«

Andrés Augenbraue wandert schlagartig nach oben und sofort wird sein Blick dunkel vor Lust. »Du bist verletzt.«

»Alter! Ich hab mir den Knöchel verstaucht, nicht den Schwanz!« Ich habe schon lange nicht mehr so die Augen verdreht.

Sein Lachen geht mir durch und durch.

»Wieso hab ich mit dieser Antwort gerechnet?« Er setzt sich rittlings auf mich und leckt sich die Lippen, während er seinen Blick nicht von meinem Mund abwendet. »Vielleicht fangen wir erstmal mit Küssen an? Immerhin kann Mike hier jeden Moment aufschlagen.«

Ich spüre die Wärme, die sich in meinem Inneren ausbreitet und den Widerhall seiner Begierde in mir.

Meine Hand schnellt in seinen Nacken und zieht ihn zu mir herunter, bis sich unsere Nasenspitzen berühren. »Vergiss Mike und red nicht so viel. Fang an!«

Er will mich eindeutig in den Wahnsinn treiben, denn seine Lippen streichen mal wieder nur hauchzart über meine.

Ich schnappe ungeduldig nach seiner Unterlippe.

»Du bist wahnsinnig sexy, wenn du so knurrst«, nuschelt André.

Ein lautes Poltern lässt uns erschrocken auseinanderfahren. André kniet sich sofort mit ausgebreiteten Armen schützend vor mich und ich hoffe, er spürt die Zuneigung, die ich für ihn empfinde und die gerade wie eine riesige Welle durch mich hindurch schwappt.

»Mike!« Ich sehe mich hektisch um, doch vor dem Spiegel im Schlafzimmer ist niemand.

»Das Poltern war unten. Im Flur.« André springt vom Bett und rennt hinaus. »O Gott, Mike!«

Shit. Ich schiebe mich vom Bett und hüpfe auf einem Bein bis zur Treppe.

Mike kniet zusammengekrümmt im unteren Stockwerk auf dem Boden vor dem Garderobenspiegel und hält sich den Bauch.

Irgendwie hat André es geschafft, den großen Portalmeister auf das Sofa im Wohnzimmer zu bugsieren.

»Hey Mike. Was ist passiert? Wie können wir dir helfen?« Ich stehe hinter dem Sofa über die Lehne gebeugt und streiche ihm aufmunternd über den Rücken.

Er fühlt sich furchtbar heiß an und kauert in Embryonalhaltung zwischen den Kissen.

Ich finde es extrem beunruhigend, diesen großen, starken Meister in solch desolater Verfassung zu sehen. Genauso beunruhigend, wie dieser mächtige Druck, der sich auf meinen Magen gelegt hat, als Mike hier gelandet ist. »Sag nicht, du hast auch so eine Blutsverbindung?«

»Nicht direkt.« Er presst die Wörter regelrecht zwischen den Zähnen hervor. »Nur verausgabt. Muss mich ... erholen.«

»Hier, trink was!« Andrés Tonfall lässt keine Widerrede zu, als er Mike ein Glas Wasser hinhält und ihm den Strohhalm in den Mund steckt.

In den folgenden Stunden bleiben wir in Mikes Nähe, sorgen dafür, dass er ausreichend Flüssigkeit bekommt, und lassen ihn darüber hinaus schlafen.

»Gehts Dir gut?« Ich schaue André besorgt an und stelle irritiert fest, dass ich mir schon wieder mit der Hand über den Bauch reibe.

»Ja. Schon. Und dir? Du bist extrem unruhig.« Er schaut auf meine Hand. »Hast du Bauchschmerzen? Ich spüre nur deine Unruhe. Was ist mir dir?«

»Du spürst nicht den Druck auf dem Magen?« Ich werfe skeptisch einen Blick zu Mike. Dann zu André. Was ist das nur für ein heilloses Durcheinander?

»Ich spüre nur die Rastlosigkeit. Mehr nicht. Was ist los?« André legt eine Hand an meine Wange und zwingt mich, ihn anzusehen.

»Wenn ich das wüsste. Seit Mike hier ist, habe ich einen mächtigen Druck auf meinem Magen und ich weiß nicht warum. Ich dachte, das seien deine Empfindungen. Aber wenn es dir gutgeht ... Keine Ahnung woher das kommt.«

Draußen dämmert es bereits, als Mike sich regt. Er streckt sich, gähnt und setzt sich langsam auf. »Wie lange habe ich geschlafen?«

»Drei Stunden«, brummt André. »Wie fühlst du dich?«

»Ausgeschlafen.« Typisch Mike. Meister der Ein-Wort-Sätze.

»Wer war dieser Typ?«

»Tyler.«

»Mike!«

Hochgezogene Augenbraue. Ein Mundwinkel zuckt.

»Könntest du bitte, bitte in ganzen Sätzen antworten und dir nicht jedes Wort aus der Nase ziehen lassen?«

Mike seufzt tief und starrt einen Moment lang die Decke an. »Tyler ist...« Kurzes Räuspern. »Mein Ex.«

»Du bist ... warst ... ähm ... was?« In meinem Hirn herrscht völliges Chaos und mal wieder ist es André, der für Klarheit sorgt.

»Und er kennt Chris?«

»Jetzt schon.«

André knurrt fast. »Warum hat er Chris angegriffen?«

»Das ... ist kompliziert.« In Mikes Blick spiegeln sich Fürsorge und Angst gleichermaßen und wieder einmal überwiegt kurz das Meeresblau. Es herrscht lange Stille, bis Mike endlich beginnt, zu erzählen. »Ich kenne ... kannte deinen ... ähm Dirk schon seit Ewigkeiten. Mit ihm verband mich immer eine tiefe Freundschaft. Wir waren quasi unzertrennlich, selbst als er deine Mutter kennen- und lieben lernte. Lia hat mich von Beginn an als Teil der Familie gesehen. Sie wollten beide Kinder haben und haben immer davon gesprochen, dass ich Patenonkel werden würde.« Mike räuspert sich, blickt zu Boden, atmet tief durch. »Dann hat sich herausgestellt, dass ihr Mann, mein bester Freund, zeugungsunfähig war.«

Als Mike mich ansieht, ist es mit einem Mal, als würde die Zeit stehenbleiben. Wie in Zeitlupe steigen Tränen in seine Augen, während sie die meinen fixieren und lautlos um Vergebung bitten.

Mein Hals wird eng. Die Stille reißt explosionsartig meine Gedanken in Fetzen und mein Herz krampft. Plötzlich überlagert ein Gefühl die Blutsverbindung mit André und eine Ahnung dessen, was Mike im Begriff ist, mir zu sagen, schleicht in meinem Inneren herum wie eine Katze um ein Mauseloch.

»Mike?« Mehr als ein flehendes Flüstern bringe ich nicht zustande. »Was willst du mir sagen?« Gleichzeitig ploppen weitere Fragen in mir hoch. Will ich es wissen? Kann ich akzeptieren, was er mir offenbaren wird?

»Lia und Dirk, haben mich damals gebeten, ihnen zu helfen ein Kind zu bekommen. Ich wollte zuerst nicht. Ich wusste nicht, wie ich damit klarkommen würde, mein Kind bei meinem besten Freund aufwachsen zu sehen und einfach nur der Onkel zu sein. Mein erstes Kind. Mein einziges.« Er stockt. »Ich habe lange darüber nachgedacht. Sehr lange. Sie haben mich angefleht und letztendlich habe ich zugestimmt. Lia hat mich immer in alles eingebunden. Ich durfte bei den ärztlichen Untersuchungen mitgehen und als deine Mutter später meine Hand auf ihren schwangeren Bauch gelegt hat, konnte ich deine Tritte spüren.« Mike schaut mich mit feuchten Augen an und er schweigt. Sein Blick sucht meinen immer wieder.

Die Tränen rinnen lautlos seine Wangen hinunter und mir wird das Herz schwer und gleichzeitig leicht und in meinem Inneren fährt das Adrenalin jauchzend mit der Achterbahn, während sich alle sechs Glückshormone die Seele aus dem Leib kotzen. Mein Gefühlsmeer ist mit weißen Wellenkämmen durchzogen und das Wasser schlägt immer wieder über mir zusammen. »Du ... du bist mein Vater?«

Wow. Also, ... klar ist Mike sicher ein cooler Dad und irgendwie fühlt sich der Gedanke, dass er mein Vater ist, gut an. Aber zuerst muss ich mich an den Gedanken gewöhnen, überhaupt einen solchen zu haben. An den Mann, den ich bisher für meinen Vater gehalten habe, habe ich keine Erinnerung, außer den Fotos. Jetzt ist da jemand, der vor mir steht. Lebt. Und der mich gerade jetzt aufmerksam beobachtet.

Mike scheint Angst zu haben, dass ich ablehnend reagiere. Er nickt zaghaft und fährt leise und zögerlich fort. »Lias Schwangerschaft war unglaublich für mich. Bevor du zur

Welt kamst, haben sich Lia und Dirk eine Auszeit genommen und sind im letzten Schwangerschaftsdrittel zu einer mehrmonatigen Weltreise aufgebrochen. Das war ziemlich schwer für mich, auch wenn du noch nicht geboren warst. Aber wir hatten ja schon eine natürliche Blutsverbindung zueinander. Da Lia selbst Ärztin war, hatte sie keine Bedenken bezüglich der Reise und sie hat unterwegs immer einen Kollegen gefunden, der die Fortschritte der Schwangerschaft überwacht hat. Mir hat sie nach jeder Untersuchung die Ultraschallfotos geschickt und gefilmt, wenn ihr Bauch von deinen Tritten wackelte, sodass ich weiter teilhaben konnte.« Mike seufzt und streicht sich mehrfach durch die kurzen Haare. »In dieser Zeit habe ich mir mit Ty das Haus geteilt. Tyler ist Dirks Bruder und wir haben gemeinsam dein Kinderzimmer hergerichtet. Als Überraschung. Wir haben jeden Tag zusammen gearbeitet, gewerkelt und gebastelt. Und plötzlich brannte zwischen Ty und mir die Luft. Als hätte jemand einen Schalter umgelegt, haben wir uns beide auf einmal mit anderen Augen gesehen. Das war das Gegenteil eines Slowburns. Ein Raketenstart vom Feinsten. Die Funken sprühten nur so, wir sind übereinander hergefallen und haben keine Minute ohne einander verbracht. Als Lia und Dirk wieder zurückkamen, war mit einem Schlag alles vorbei und es folgte die schlimmste Zeit meines Lebens.«

Plötzlich kann ich fühlen, wie zerrissen Mikes Inneres ist, wie schwer sein Herz ist und ich ahne, woher diese tiefe

Traurigkeit kommt, von der er umgeben ist, seit ich ihn zum ersten Mal getroffen habe. Gleichzeitig bin ich überwältigt von meinen eigenen Gefühlen. Jahrelang habe ich geglaubt, mein Vater wäre bei einem Unfall ums Leben gekommen. Bin bei einer Pflegefamilie aufgewachsen und nun stellt sich heraus, dass Mike mein Vater ist und immer in meiner Nähe war.

Meine Hand reibt ganz von selbst über mein Brustbein und versucht, die Wut im Zaum zu halten, die mit dem Schwermut kämpft. Wut über die vielen Lügen, das Versteckspiel und dass man mich zum Bauernopfer degradiert hat. Schwermut darüber, dass ich nicht zusammen mit meinem leiblichen Vater aufwachsen durfte und alle ersten Male ›nur‹ mit meinem Pflegevater erleben konnte.

André schiebt sich hinter mich, legt seine Arme um meine Taille und hält mich. Er spürt genau, wie es mir geht und dass mein Körper nach seiner Nähe schreit. Unter Andrés Berührungen beruhigt sich meine Atmung, und die Intensität des Sturms, der über meinem Gefühlsmeer tobt, schraubt sich eine Windstärke nach unten.

Mikes Hand zuckt zu mir, doch er traut sich offensichtlich noch nicht, mich anzufassen, obwohl er durch die angeborene Blutsverbindung fühlen kann, wie es mir geht. Vielleicht lässt er mir auch gerade deswegen ein bisschen Abstand.

Kapitel 22

Familienbande

»Wieso habe ich diese besondere Bindung nie gespürt? Und wenn wir doch eine Blutsverbindung haben, wieso konntest du mich dann nicht retten?«

»Familiäre Blutsverbindungen sind zwar stark und können auch, je nach Stärke der Beziehung, von Liebe getragen sein, doch die partnerschaftliche Liebe erzeugt viel mächtigere Bindungen. Ich spüre sie gut, doch wird sie nie so stark sein, wie die zwischen dir und André.«

»Eigentlich logisch«, meint André. »Ansonsten würde ja die halbe Familie an gebrochenem Herzen sterben, wenn ein Verwandter zu Tode kommt.«

Nach einer Weile setzt Mike wieder an. »Ich hätte von Dirk, meinem besten Freund, nie gedacht, dass er homophob ist. Es gab nie Anzeichen dafür. Ich war der Meinung, ich kenne ihn in- und auswendig, doch ich musste mich eines Besseren belehren lassen. Wenn ich sagen würde, er war stocksauer, wäre das die Untertreibung des Jahrhunderts. Er hat Ty sofort aus seinem Haus geworfen und mich vor die Wahl gestellt. Entweder ich trenne mich von Ty und darf bleiben oder er wirft mich hinaus und kappt alle Verbindungen.« Mike wischt sich mit der Hand mehrmals über die Augen. »Ich war vollkommen überfordert mit der Situation. Ich wollte mit Ty zusammen sein. Er war die Liebe meines Lebens. Er ist es noch.« Er schaut mich mit Tränen verschleiertem Blick an. »Aber ich hätte es nicht über das Herz gebracht, dich zurückzulassen. Mein eigenes, noch ungeborenes Kind.« Mike schluchzt und ich kann nicht anders, ich greife nach seiner Hand und ziehe ihn vorsichtig zu mir.

Ich muss ihn umarmen, fühlen. André hält mich von hinten umschlungen und gibt mir dennoch Freiraum.

Zu dritt legen wir uns auf das große Sofa und versuchen, jeder für sich zu begreifen, was Mike uns offenbart hat.

Ich weiß nicht, wie lange wir so daliegen und uns einfach in den Armen halten. Irgendwann beginnt Mike weiterzuerzählen. »Ty und ich sind kurz vor der Trennung eine Blutsverbindung miteinander eingegangen. Er wusste nicht, dass sein Bruder zeugungsunfähig war und Lia nicht seinen, sondern meinen Sohn unter dem Herzen trug. Ich habe es ihm nicht absichtlich verschwiegen, wir haben nur einfach nie darüber gesprochen. Durch die Verbindung muss er etwas gespürt haben, muss auch gefühlt haben, wie es mir geht. Ich habe jedenfalls seine Trauer gespürt. Die Zerrissenheit, die Wut, den unbändigen Liebeskummer. Uns beiden ging es verdammt dreckig. Ich habe mehrfach versucht, zu ihm zu portieren, mit ihm zu reden, wollte ihm begreiflich machen, warum ich diese Entscheidung getroffen habe. Wollte unsere Beziehung retten.«

Mike setzt sich auf und ballt die Hände zu Fäusten. »Ty war schon sehr früh sehr mächtig. Er hat einige Zeit beim Weltenmeister gelernt, dem obersten Meister der Porter. Beim dritten Versuch, mit Ty zu reden, kam es zum Kampf. Er hat mir unmissverständlich klargemacht, dass er mich nie wiedersehen will. Er hat mich verhöhnt und verstoßen. Danach war er wie vom Erdboden verschluckt. Ich weiß bis heute nicht, wie er es geschafft hat, die Blutsverbindung zu blockieren, sodass wir nicht daran zugrunde gegangen sind.«

»Durch das Blocken der Verbindung seid ihr beide am Leben geblieben?«, will André wissen.

Mike nickt. »Ich habe mich dann ganz auf Chris konzentriert. Lia hat immer wieder versucht, zu vermitteln, hat tagelang auf ihren Mann eingeredet, doch Dirk hat nicht eingelenkt. Unsere Freundschaft ist in dem Moment zerbrochen, als er Ty hinausgeworfen hat. Er hat mich nur noch geduldet, weil ich Chris‘ leiblicher Vater war. Als dann der Unfall passierte, war ich plötzlich allein. Dann stand Ty, nachdem er mehr als zwei Jahre verschwunden war, wieder vor der Tür und wollte dich mitnehmen. Er dachte, er sei dein einziger verbliebener Familienangehöriger und sagte, er wolle sicherstellen, dass du kein homophobes Arschloch wirst, wie sein Bruder. Und er hatte solch eine Wut in seinem Bauch. Ich wollte ihm erklären, dass du mein leiblicher Sohn bist und nicht der seines Bruders. Er hat mir nicht zugehört.«

Mike schluchzt auf und wird plötzlich von einem Weinkrampf geschüttelt. »Gott, Chris, ich hatte solche Angst, dich auch noch zu verlieren, nachdem Ty mich bereits verstoßen hatte. Er hat mir einfach nicht zugehört. Und das Schlimmste war, dass ich ihn sogar verstehen konnte. Ich habe ihn tief verletzt und in seinem maßlosen Schmerz hat er nur noch blind um sich geschlagen und keinen mehr an sich herangelassen. Es kam dann erneut zum Kampf. Doch diesmal hat sich der Weltenmeister eingemischt. Er war der Auffassung, dass keiner von uns gut genug für dich sorgen könnte und hat entschieden, dass du zu menschlichen Pflegeeltern kommst, da deine Mutter menschlich war. Ich durfte über dich wachen, in deiner Nähe sein, doch ich sollte mich aus deinem Leben heraushalten, um deine Sicherheit zu gewähren. Ty und ich wurden von ihm mit einem Bann belegt. Wir können nur zurück, wenn wir bestimmte Voraussetzungen erfüllen. Welche das sind, müssen wir selbst herausfinden. Ty wurde zudem verboten, mit dir Kontakt aufzunehmen. Und die Blutsverbindung zwischen dir und mir wurde vom Weltenmeister blockiert, sodass du nichts spüren konntest. Ich habe die Verbindung weiterhin gespürt, aber nur gedämpft. Wie in sehr dicke Watte gepackt.«

»Warum hast du mir nicht gleich gesagt, dass du mein Vater bist? Im Club. Oder später, in deiner Wohnung. Du hast mich gefragt, ob ich mich an meine Eltern erinnern könnte. Warum? Warum hast du es mir nicht gesagt? Meinst du nicht, ich hätte schon früher das Recht gehabt, es zu erfahren?«

»Bitte verzeih mir, Chris. Ich war egoistisch. Ich hatte Angst, dass du mich als Eindringling siehst, als denjenigen, der dein Familienbild zerstört. Und ich wollte nicht, dass du so von Dirk denkst. Für dich war er dein Vater. Ich wollte, dass du ein gutes Bild von ihm in Erinnerung behältst, denn er hat dich vergöttert. Und ich habe ihn immer geliebt wie einen Bruder. Ich hätte nie gedacht, dass er mal so sein könnte. Ich habe damals die Welt nicht mehr verstanden.« Mike atmet zitternd aus und reibt sich mit den Händen über die Oberarme.

»Mike, hey ... ich habe nur Fotos von meinem ... von Dirk. Keine Erinnerungen. Daher kannst du auch keine zerstören. Und wenn er diese Einstellung hatte, hätte ich spätestens jetzt mit ihm gebrochen.« Mein Blick wandert zu André und ich spüre Dankbarkeit in mir. Und etwas sehr viel Stärkeres.

»Hey.« Ich streichle freundschaftlich über Mikes Arm. »Magst du uns erzählen, warum du es vorhin anscheinend nur noch mit letzter Kraft zu uns geschafft hast?«

»Ich habe Ty gezwungen, mir zuzuhören.«

»Steht das Gebäude noch?« André zwinkert ihm zu.

Mike erhebt sich vom Sofa und geht unruhig hin und her. »Ein paar neue Setzrisse gehen wohl auf unser Konto. Und eventuell müssen ein paar Bodenplatten da oben ausgetauscht werden.«

»Was hast du ihm gesagt?«

»Als wir beide gemeinsam vor ihm standen, hat er gespürt, dass eine Verbindung zwischen uns besteht. Die Blutsverbindung zwischen Ty und mir ist ja noch vorhanden, nur blockiert. Ich vermute, dass diese Blockade langsam verblasst. Seit der Begegnung in der Kuppel ploppen immer wieder Gefühlsfetzen von ihm in mir auf. Ich glaube, bei ihm ist es dasselbe. Vielleicht kann er jetzt nichts mehr dagegen tun und hat einfach rot gesehen. Aber er wollte dich zu keinem Zeitpunkt verletzen, das musst du mir glauben. Ich habe ihn letztendlich dazu zwingen können, sich meine Sicht der Dinge anzuhören. Und ...« Mikes Kehle entweicht ein Ton, der seinen Schmerz erahnen lässt. Als er den Satz vollendet bricht seine Stimme. ».. und ich habe ihm gesagt, dass du mein Sohn bist. Und, dass ich ihn immer noch liebe.«

Minutenlang stehen wir nur still da.

André kommt zu uns und zieht uns in eine Umarmung zu dritt.

»Und wo ist Tyler jetzt?«

Mike zuckt mit den Schultern. »Er ist ohne ein Wort verschwunden. Ich kann nur hoffen, dass meine Botschaft angekommen ist und er sich beruhigt. Vielleicht kann er mir eines Tages verzeihen und kommt zu mir zurück.«

Kapitel 23

Zerbrochen

Eine Woche später sitze ich freitagabends mit André auf seinem Bett und wir überlegen, wie wir Mike aufmuntern könnten. Seit er Tyler wiedergetroffen hat, ist er wie ausgewechselt und sitzt nur noch in melancholischer Stimmung zu Hause in seinem Sessel.

»Hast du auch Hunger?« André reibt mit einer Hand über seinen Bauch und in diesem Moment knurrt auch schon sein Magen.

»Hhmm, ein bisschen. Ich habe noch einen Rest Lasagne im Kühlschrank. Wollen wir bei mir essen?«

André schielt zu den Brettern, die neben seinem Spiegel an der Wand lehnen, überlegt kurz und nickt dann. »Das Regal können wir auch nächste Woche noch montieren. Wechselklamotten von mir müssten noch in deinem Schrank liegen. Wir können dieses Wochenende bei dir bleiben.«

»Jap. Dann komm!« Ich springe vom Bett, stelle mich vor Andrés Schlafzimmerspiegel, nehme seine Hand und laufe hindurch.

In meinem Schlafzimmer angekommen, passieren plötzlich mehrere Dinge gleichzeitig. Durch meine Nervenbahnen pulsiert ein stechender Schmerz, während Andrés Hand aus meiner gleitet und er auf dem Boden aufprallt. Seine Unterschenkel stecken noch im Spiegel. Die Knie schauen gerade so noch heraus. Mit schmerzverzerrtem Gesicht schaut er zu mir hoch. »Ich stecke fest, Chris. Hilf mir!«

O Gott! Ich knie mich sofort zu ihm auf den Boden, umfasse seinen Oberkörper und versuche, ihn aus dem Spiegel zu ziehen.

»Au! Stopp!« André wimmert in meinen Armen und seine Verzweiflung hat mein Herz im Schwitzkasten.

»Mein rechter Fuß steckt fest und fühlt sich an, als wäre ich in Scherben getreten. Der linke hängt irgendwie in der Luft. Ich kann es gar nicht beschreiben. Aber rausziehen kann ich ihn auch nicht.«

Das Echo seines Schmerzes breitet sich in meinem Inneren aus wie eine große dichte Nebelwand und ich überlege fieberhaft, wie ich ihn aus dem Spiegel herausbekommen könnte. »Ich portiere zurück in deine Wohnung und schaue, ob ich dort etwas herausfinde. Ich bin gleich wieder bei dir, mein Schatz.« Ich hauche ihm einen zärtlichen Kuss auf die Schläfe und laufe in den Flur, um von meinem zu Andrés Garderobenspiegel zu portieren.

In seiner Wohnung sprinte ich die Treppe hinauf in sein Schlafzimmer und ... »Ach. Du. Scheiße!« Mich trifft fast der Schlag, als ich wie angewurzelt vor dem Desaster zu stehen komme. Mein Herz startet zu einem Sprint und merkt zu spät, dass es sich mitten in einem Hürdenlauf befindet. Mein Verstand hingegen versucht, zu verarbeiten, was ich sehe.

Der große, ehemals bodentiefe, an der Wand angebrachte Schlafzimmerspiegel liegt zu zwei Dritteln, inmitten der Regalbretter, als Scherbenhaufen auf dem Boden. Nur das untere Drittel steht noch an der Wand. Wenn man dies so beschreiben kann. Es sind mehrere größere Scherbenstücke, die auf dem Boden aufstehen und sich noch gegenseitig Halt geben. Besonders fest sieht diese Konstellation jedoch nicht aus.

Panik und Verzweiflung schwappt durch mich hindurch. Zuerst mache ich etwas Platz und ziehe die Regalbretter aus dem Scherbenhaufen und schiebe diesen mit einem der Bretter etwas zur Seite, sodass ich an Andrés Unterschenkel herankomme. Dann kann ich endlich den Fuß begutachten.

Er schaut mit dem Teil unterhalb des Knöchels heraus und steck noch in einer an der Wand hängenden Scherbe.

Dieses Glasstück hat einen leichten Riss, der sich jedoch nur ein paar Zentimeter vom Rand aus hineinzieht. Vom linken Fuß ist nichts zu sehen.

In mir wallt der Schatten einer ausgewachsenen Panikattacke auf. André! Ich fühle seine Verzweiflung und versuche, ihm Ruhe zu vermitteln, obwohl mein Nervenkostüm selbst gerade in Aufruhr ist. Aber wie soll man in einer solchen Situation zur Besonnenheit zurückkommen? Atmen. Damit könnte ich anfangen. Tief ein- und wieder ausatmen.

Ein.

Aus.

Ein.

Aus.

Okay. Was jetzt?

Meine Hand tastet in meiner Hosentasche nach dem Handy. Der Zeigefinger wischt hektisch über das Display. Startet einen Anruf. Mailbox. Verdammt!

Ich portiere zurück in meine Wohnung.

André liegt auf dem Boden in meinem Schlafzimmer, stützt sich auf seine Unterarme und schaut mich aufgeregt und beinahe flehend an, während ich mich langsam zu ihm auf den Boden gleiten lasse. Ich nehme Gesicht in meine Hände und versuche mit Küssen, ihn zu beruhigen. Oder mich.

»Was hast du gesehen? Sag's mir! Ich habe dein Entsetzen gespürt, Chris.«

Ich schlucke merklich und streiche ihm liebevoll über die bartstoppelige Wange. »Dein Spiegel ist zerbrochen und dein Fuß steckt in einer der Scherben fest, die noch an der Wand stehen. Die Scherbe ist ein kleines bisschen eingerissen, daher solltest du keinen Versuch mehr unternehmen, den Fuß herauszuziehen. Ich kann nicht einschätzen, was passiert, ob die Scherbe dadurch kaputtgehen kann und was dann passiert.«

»Aber wie ...?« André zieht die Stirn kraus und lässt den Kopf in den Nacken fallen.

»Ich vermute, du bist kurz vor dem Eintritt in den Spiegel irgendwie gegen die Regalbretter gekommen und die sind dann gegen den Spiegel gestoßen und haben ihn so blöd getroffen, dass er zerbrochen ist. Das muss alles ziemlich schnell gegangen sein.« Ich lehne meine Stirn an seine. Versuche, uns beide durch Körperkontakt zu trösten. »Wir brauchen Hilfe, Schatz. Ich werde zuerst Kati holen, damit du nicht allein bist. Dann werde ich zu Mike portieren. Zu meinem Vater«, füge ich seufzend hinzu. »Der geht nämlich nicht an sein Handy. Ich hole ihn her. Er ist Portalmeister. Er weiß mit Sicherheit, was zu tun ist.«

Keine zehn Minuten später habe ich Kati geholt, die zwar völlig überrumpelt, aber total aufgeregt war, dass sie mit mir portieren durfte. André haben wir mit Kissen und Decken in seiner Position abgestützt und nun stehe ich in Mikes Penthouse-Bude. Hinter mir die Panoramascheibe mit dem atemberaubenden Blick über die beleuchtete Stadt, vor mir ein in seinem Sessel zusammengesunkener Portalmeister, der sich, der Geräuschkulisse nach zu urteilen, wohl gerade mitten in seiner Schicht im Sägewerk befindet.

»Hey Mike. Aufwachen!« Ich berühre ihn an der Schulter und am Knie und rüttle leicht.

Der Lärm wird kurz leiser, sonst tut sich nichts. »Ey! Aufwachen! Wir brauchen deine Hilfe.«

»Was?« Mike fährt aus dem Sessel hoch, schwankt kurz und starrt mich mit aufgerissenen Augen an. »Was soll das? Was machst du hier?«

»Hast du noch Standgas oder bist du zurechnungsfähig?« Meine Augenbraue zuckt und ich lasse meinen Blick von oben bis unten über ihn gleiten, weil ich nicht einschätzen kann, ob sein Schwanken von irgendwelchen Alkoholika kommt oder weil sein Kreislauf erst hochfahren muss. Fahne hat er zumindest keine. Gute Voraussetzung.

»Was willst du?« Mike knurrt und fährt sich mit der Hand über das Gesicht und seine poolblauen Augen duellieren sich mit meinen.

»André steckt fest. Sein Spiegel ist zerbrochen, als wir portiert haben und sein rechter Fuß klemmt noch in einer Scherbe. Ich fühle, dass er stärkere Schmerzen hat, als er zugeben will. Du musst mitkommen und uns helfen. Jetzt!«

Zurück in Andrés Schlafzimmer, stehen wir nun zu zweit vor dem Scherbenhaufen.

»Sieht nicht gut aus, Chris.« Mike wischt sich immer wieder mit der Hand über das Gesicht. »Ich könnte versuchen, zusammen mit der Scherbe und dem Fuß zu portieren, aber ich weiß nur theoretisch wie das geht. Ich habe so etwas noch nie gemacht. Und wenn die Scherbe bei dem Versuch zerbricht ...«

»Dann?«

»Verliert André seinen Fuß.«

Shit! Ich versuche, ruhig zu bleiben, damit André nichts mitbekommt, doch es klappt nicht wirklich. Gefühlt im Sekundentakt wische ich meine feuchten Handflächen an der Jeans ab.

»Hast du nicht gesagt, ich wäre auch ein Portalmeister? Kannst du mich nicht anleiten, sodass wir das gemeinsam machen können?«

Mit einem bedauernden Lächeln im Gesicht schaut er mich schief an. »Nein, mein Lieber. So geht das nicht. Es gibt nur noch einen Einzigen, der mir helfen könnte. Der die Energie und die Erfahrung hat.« Mike schaut mich vielsagend an.

»Dann hol ihn her! Sofort! Mike, André hat Schmerzen und wenn er seinen Fuß verlieren könnte, wenn die Scherbe bricht, dann müssen wir uns beeilen! Was, wenn er sich aus Versehen bewegt und die Scherbe weiter einreißt? Bitte ... Papa?«

Das letzte Wort spreche ich erst nach kurzem Zögern aus. Ich will probieren, wie es sich anfühlt, sich anhört, wie Mike, mein richtiger Vater, darauf reagiert. Und es fühlt sich beeindruckend gut an. Wenngleich noch etwas hölzern und irgendwie neuartig, aber richtig.

Mike stockt kurz und schaut mir tief in die Augen.

Seine Mundwinkel ziehen sich zu einem warmen Lächeln nach oben und sein Blick wird weich und klar. Wie kristallklares Meerwasser in einer Lagune.

Dann wird er wieder ernst und in seinen Augen herrscht plötzlich wieder die dunkle, raue See. »Selbst wenn er es zuließe, dass ich mit ihm spreche. Ich weiß nicht einmal, wo er jetzt ist. Ich kann ihn weder rufen, noch anrufen, noch zu ihm portieren!«

Kapitel 24

Chucky oder Thor?

Mit Klebeband, das ich in Andrés Küche gefunden habe, fixieren Mike und ich sowohl den Riss in der Scherbe, als auch die Scherbe an der Wand, damit sie nicht umfallen kann. Erst als wir fertig sind, fällt mir auf, wie kühl es hier im Schlafzimmer ist. »Ist dir auch so kalt?« Ich rubble mir mit den Händen über die Oberarme und schaue Mike an, doch dem stehen die Schweißperlen auf der Stirn.

»Ähm, nö.« Zuerst schaut er irritiert, dann ziehen sich seine Augenbrauen zusammen. »Lass uns zurückportieren.«

Kaum sind wir zurück in meiner Wohnung, höre ich André wimmern. Mein Herz krampft sich zusammen, als ich sehe, wie Kati auf dem Boden sitzt, Andrés Kopf auf ihrem Schoß. Sie streicht ihm beruhigend über den Rücken.

»Als dir eben kühl war, war es sein Echo. Du hast gespürt, dass ihm kalt ist. Leg dich zu ihm. Wärme ihn«, raunt mir Mike zu.

Das lasse ich mir nicht zwei Mal sagen. Sofort kuschle ich mich hinter André, schiebe einen Arm unter seinen Kopf und löse Kati ab. Mit dem anderen Arm ziehe ich zuerst die flauschige Wolldecke über uns beide und schlinge ihn dann um meinen Liebsten.

»M-m-mir i-i-ist s-s-soo kalt.« André bebt regelrecht in meinen Armen und ich habe sofort das Bedürfnis, mich um ihn herumzuwickeln, um ihn zu wärmen. Meine Hand schiebt sich unter sein Shirt und streichelt über seine zarte Haut, die Brust- und Bauchmuskeln überspannt.

»Das kommt von der Kälte aus der Zwischenwelt, in der deine Beine noch stecken.« Mike hat sich vor André gekniet und rubbelt ihm freundschaftlich über den Oberarm. »Wir müssen zusehen, dass wir dich da schnellstens rausbekommen.« Die poolblauen Augen verdunkeln sich und in ihnen braut sich ein Sturm zusammen. »Ich mache mich sofort auf den Weg und suche Ty.« Damit erhebt er sich und stürmt aus dem Zimmer.

»Ich,... ähm ... ich mache uns mal einen heißen Tee.« Kati nickt zur Bekräftigung ihrer eigenen Aussage und verlässt ebenfalls das Schlafzimmer.

»Halte durch, mein Schatz. Wir kriegen dich da wieder raus.« Ich drücke mich fest an Andrés zitternden Körper, hauche ihm zärtliche Küsse in seinen Nacken und inhaliere seinen Duft. Wenn ich ihn rieche und meine Nase mit seinem ureigenen André-Duft füllen kann, ist die Welt für mich in Ordnung. Wenn ich es schaffe, mich dadurch zu beruhigen, wird André hoffentlich auch ruhiger.

Im Morgengrauen kniet Mike wieder vor uns.

Ich drehe meinen Kopf, um zu schauen, ob Ty hinterherkommt. Doch es rührt sich nichts. »Wo ist Ty?«

»Wenn ich das wüsste.« Mike atmet tief durch und lässt sich vor uns auf die Knie fallen.

»Hast du nicht gesagt, die Blockade eurer Blutsverbindung würde sich auflösen? Kannst du dich nicht darauf fokussieren? Ihn doch irgendwie darüber orten?«

Mike streicht sich über das Kinn und grummelt vor sich hin. »Vielleicht kannst du mir dabei helfen, den Ort einzukreisen, dann könnte es funktionieren.« Er schaut auf. »Fällt dir ein Ort hier in der Nähe ein, bei dem es nicht auffällt, wenn es windig oder stürmisch ist oder Dinge zu Bruch gehen? Der abseits liegt, bestenfalls verlassen ist und als Rückzugsort herhalten könnte?«

Einen Moment herrscht Stille.

»Der Feldberg, Babe. Seit das Ausflugslokal geschlossen ist, ist dort nicht mehr viel los. Dort oben ist nur noch die Wetterstation«, flüstert André.

»Er hat recht. Aber wie kommen wir dorthin?«

»Ich brauche ein aktuelles Bild von dem Ort, um dorthin portieren zu können.« Mike erhebt sich und zückt sein Handy.

Bevor ich mich schweren Herzens erhebe, nehme ich André noch einmal fest in den Arm, streife mit meinen Lippen über sein Gesicht, streichle seine Nase mit meiner und verliere mich noch einen Augenblick in einem gefühlvollen Kuss mit meinem Liebsten.

»Was machst du? Warum stehst du auf?« Auf Mikes Stirn bildet sich eine tiefe Furche.

»Ich komme mit! Wenn Ty dich wieder angreift, muss ich sicherstellen, dass wir zurückkommen können. Und falls du es nicht schaffst, deinen Ex zu überzeugen, dann habe ich vielleicht noch eine Chance. Wir müssen es einfach schaffen. André braucht Hilfe! Ich werde alles für ihn tun. Das ist nicht verhandelbar. Also versuch's erst gar nicht!«

Wenige Minuten später stehen wir knapp unterhalb des Gipfels des Großen Feldbergs, unweit des Aussichtsturms und des alten Feldberghauses. Früher waren hier einmal ein Falknerhof und eine Ausflugsgaststätte, mittlerweile ist alles geschlossen und der Putz bröckelt.

Gott sei Dank ist es Spätsommer, doch der Wind, der in dieser Herrgottsfrühe über den Gipfel fegt, ist trotzdem kalt und lässt mich erschauern.

Mike dreht sich mehrfach um seine eigene Achse und scannt mit Blicken die nähere Umgebung ab. »Ich spüre ihn. Er ist hier irgendwo. Ich habe ein Echo. Ganz minimal. Wie ein zarter Atemhauch. Aber es ist da.«

Wir durchstreifen eine Weile den Wald und umrunden die verlassenen Gebäude.

»Wie hast du mich gefunden?«

Tylers Stimme trifft uns wie die Druckwelle einer Explosion. Der mächtige Portalmeister stellt mit seinem Auftreten sogar den legendären Hulk in den Schatten.

Mein Herz stolpert, ich wirbele auf dem Absatz herum und habe sofort die Situation auf dem Wolkenkratzer unter der Glaskuppel im Kopf. Hier draußen hält mich nichts, wenn er mich wieder durch die Gegend schleudert. Dieser riesige, beängstigende Typ hat die Statur und das Aussehen von Thor und das Gesicht so verzogen wie die Fratze von Chucky der Mörderpuppe, dazu leuchten seine Augen rotorange wie die untergehende Sonne am Horizont. Keine Ahnung, was mein Vater an ihm findet, aber ... wo die Liebe hinfällt.

»Ich glaube, das weißt du genau. Du kannst nicht leugnen, dass deine Blockade verschwindet.«

Tylers Gänsehaut verursachendes Knurren umhüllt uns, schwillt rasch an und flutet den Gipfel. All meine Sinne sind innerhalb von Sekunden darauf vorbereitet, uns vor einem Rudel Grizzlybären zu verteidigen.

»Ty wir brauchen dich.« Mike hebt beschwichtigend die Hände und nickt mit dem Kinn zu mir. »Ich habe Chris mitgebracht. Meinen Sohn. Sein Seelenverwandter steckt in einem zerbrochenen Spiegel fest. Ich kenne nur einen, der die Macht hat, die Situation zu einem guten Ende zu bringen. Wenn wir erst den Weltenmeister einschalten müssen, wird es ungemütlich für uns beide. Hilf uns. Bitte.«

Tylers Augen leuchten auf, stehen regelrecht in Flammen. Zwei Sekunden später liegt Mike auf dem Rücken und wird von Ty auf dem Boden festgepinnt.

»Du brauchst mich?« Tyler knurrt Mike an.

Wenn er eine Raubkatze wäre, würde er jetzt wahrscheinlich die Zähne fletschen. »Du brauchst mich?«, wiederholt er. »Was war, als ich dich gebraucht habe?«

Mike versucht, zu beschwichtigen, ruhig zu bleiben. Doch ich sehe und spüre, dass es ihn immens viel Kraft kostet.

»Ich habe dir alles erklärt. Ich habe dir offen und ehrlich erzählt, warum ich damals so gehandelt habe. So handeln musste.« Mike hebt seinen Kopf an, wohl um Stärke zu zeigen, da er weder Arme noch Beine bewegen kann, und zischt sein Gegenüber an: »Du hättest an meiner Stelle genauso gehandelt.«

Ty und Mike starren sich minutenlang an. Dann hebt Tyler zeitlupenartig seinen Kopf und seine in Flammen stehenden Augen brennen mich nieder bis auf die Grundmauern. Chucky die Mörderpuppe ist ein Nichts gegen Thor mit infernalen Augen. Selbst der Ghostrider kann einpacken.

Plötzlich stemmt sich Mike gegen seinen Ex und dreht sich mit ihm herum.

Ich habe gar nicht gemerkt, dass ich die Luft angehalten habe. Jetzt atme ich tief ein, während die beiden Portalmeister auf dem Boden herumrollen und um die Oberhand kämpfen.

»Eeeeeeyyy!«, brülle ich, so laut ich kann. Mir ist es jetzt echt zu bunt und ich schlucke meine Panik herunter. »Habt ihr noch alle Tassen im Schrank? André geht es immer schlechter. Er könnte sein Bein verlieren und die Herren Portalmeister balgen sich wie kleine Kinder?« Ich stelle mich aufrecht hin, ziehe meine Schultern nach hinten und ignoriere meine schlotternden Knie. Ich halte Tylers Blick mit meinen Augen fest, während ich Schritt für Schritt auf die am Boden liegenden Männer zugehe.

»Wenn du so stark bist, wie Mike mir gesagt hat, Tyler, dann beweis es! Rette meinen Seelenverwandten, meinen Freund, ... meine große Liebe!« Ich versammle diesen Gefühlsausbruch in meinem Herzen und hoffe inständig, dass André fühlt, was ich empfinde. Wenn wir wieder zu Hause sind, muss ich es ihm unbedingt sagen.

Jetzt atme ich noch einmal tief durch, bevor ich fortfahre. »Und wenn du nicht nur stark, sondern auch mutig bist, dann rede endlich mit *deiner* großen Liebe und verzeihe ihm. Verkrieche dich nicht hinter deinem angestauten Frust. Dem Frust auf deinen Bruder. Das ist es doch, oder? Du bist mächtig sauer auf deinen Bruder, doch der ist tot. Dem kannst du keine Vorwürfe machen, ihn nicht mehr zur Rechenschaft ziehen. Du hattest die Chance, ihm die Meinung zu sagen. In eurer Beziehung war sowieso Hopfen und Malz verloren, wenn ich das richtig verstanden habe. Du hattest nichts mehr zu verlieren. Du hättest nach dem ersten großen Schmerz ordentlich auf den Tisch hauen und ihm vor Augen führen können, was er dir, ... euch, angetan hat. Doch der Zug ist abgefahren. Jetzt bleibt euch beiden nur noch eines: Reden und verzeihen. Mike hat den Anfang gemacht, Tyler. Jetzt bist du dran.« Mein Brustkorb hebt und senkt sich in schneller Folge und ich muss mich zwingen, meine zu Fäusten geballten Hände zu lösen, bevor meine Fingernägel blutige Spuren in meinen Handflächen hinterlassen. »Verzeihe Mike, meinem ... Vater, dass er seine große Liebe geopfert hat, ... für seinen Sohn. Für mich.«

Kapitel 25

Geborgen

»Sobald ich mit der flachen Hand gegen deine Fußsohle drücke, ziehst du deinen Fuß langsam zu dir und gibst Chris Bescheid. Er zieht dich dann vorsichtig mit Kati aus dem Spiegel. Keine unbedachten Bewegungen. Verstanden?« Tylers Bariton füllt den Raum gänzlich aus, als er uns letzte Instruktionen gibt.

Gott, was bin ich froh, dass der Schuss nicht nach hinten losgegangen ist und er nachgegeben hat. Vorerst zumindest. Wie es mit ihm und Mike weitergeht, steht in den Sternen, aber ich bin heilfroh, dass er mit uns zurückportiert hat, um André zu retten. Und dass zwischen den beiden derzeit so etwas wie Waffenruhe herrscht.

Mike und Ty portieren in Andrés Schlafzimmer und kümmern sich gemeinsam um den Spiegel und den Fuß, während Kati und ich bei André auf dem Boden kauern und darauf warten, ihn endlich befreien zu können.

»Meinst du, die beiden reden später miteinander und schaffen ihren Streit aus der Welt?«, André verschlingt unsere Hände miteinander und sieht zu mir auf.

»Ich hoffe es, Schatz. Ich hoffe es. Mike liebt ihn immer noch sehr, das fühle ich.«

»Spürst du seine Gefühle genauso wie meine?«

»Nein. Mikes Gefühle sind wie ein Schatten. Ein Wispern. Daher habe ich diese genetische Blutsverbindung wohl auch nie bewusst wahrgenommen. Ich muss mich auf ihn konzentrieren, um ihn zu fühlen. Aber ich bin nun aufmerksamer und weiß, da ist nicht nur ein komisches Bauchgefühl oder ›Irgendetwas‹, sondern es handelt sich um Mikes Echo und ich bekomme daher viel schneller mit, ob ich mich auf ihn konzentrieren muss, weil es ihm zum Beispiel schlecht geht. Du hingegen bist ständig präsent. Ich spüre das Echo deiner Gefühle in jeder Sekunde. Immer.«

»So geht es mir auch mit dir«, flüstert André und streichelt mir mit den Fingerknöcheln zart über die Wange. »Ich bin froh und stolz, dass wir diese Verbindung haben. Oh! Au!« Er verzieht das Gesicht und während sich nun eine neue, große Schmerzwelle in mir ausbreitet und mich zusammenzucken lässt, zieht er ganz langsam und tapfer den rechten Fuß aus dem Spiegel.

Kati und ich packen sofort Andrés Oberarme und schleifen ihn vorsichtig auf dem Boden ein Stück zurück, sodass auch sein linker Fuß aus dem Spiegel gleitet.

»O Gott. Ich bin frei!« André keucht heftig und dicke Tränen der Erleichterung kullern über seine Wangen.

»Komm, Schatz. Wir hieven dich erst einmal auf mein Bett. Weg vom Fußboden. Ty hat gesagt, wir sollen dich wärmen. Vor allem die Füße.«

Beide Beine und Füße sind, Gott sei dank unversehrt.

Mit vereinten Kräften schaffen wir André auf mein Bett.

»Wie fühlt sich der Fuß sich an?«

»Als wäre ich durch Scherben gelaufen und hätte mich geschnitten. Aber es ist nichts zu sehen, oder?«

»Nein, der Fuß sieht intakt aus.«

Kati kommt mit einer Wärmflasche und gemeinsam packen wir Andrés Füße warm ein.

»Leg dich zu ihm. Ich mache es mir im Wohnzimmer gemütlich und lasse euch ein bisschen Freiraum. Vielleicht kann mich Mike nachher nach Hause bringen. Wenn nicht, nehme ich mir ein Taxi.« Kati zwinkert mir zu und schließt leise von außen die Schlafzimmertür.

Ich schlüpfe vorsichtig zu meinem wundervollen Freund unter die Decke. Ich kann nicht anders. Ich muss auf Tuchfühlung gehen. Brauche seine Nähe genauso wie er meine.

André brummt wohlig, als ich mich an ihn kuschle, meine Hand unter seinem Shirt auf Wanderschaft schicke und meine Nase in seine Halsbeuge presse. Ich muss ihn riechen, spüren, halten. Muss ihn unbedingt festhalten. Mich versichern, dass er unversehrt ist. Bei mir ist.

Meine Fingerspitzen streicheln fasziniert über die mit feinen Härchen überzogene Brust, über die weiche Haut, die seine Bauchmuskeln überspannt, und wieder hinauf bis zum Hals.

»Chris ... Babe ... bitte.«

»Ich habe dich nur ein bisschen gestreichelt und du bettelst schon?« Ich kann mir ein Lächeln nicht verkneifen und hauche weiter zarte Küsse auf Andrés Gesicht, knabbere vorsichtig an seinem Kinn. Als ich seine Unterlippe zwischen die Zähne nehme, scheint er es nicht mehr auszuhalten. Seine Zunge erobert meinen Mund und duelliert sich mit meiner Zunge, die absolut nichts entgegenzusetzen hat.

»Fass mich an!«, zischt André.

»Ty hat gesagt, warmhalten, nicht einheizen.«

»Mir ist warm! Ich brauch dich jetzt. Bitte Chris.«

André schiebt schnell seine Boxershorts nach unten und zieht mich auf sich, sodass ich gar keine Chance habe, mich dagegen zu wehren. Und dabei sind seine Beine immer noch fest in der Wolldecke eingewickelt.

»Aargh, du hast zu viel an. Zieh dich aus!«

»Ganz schön bossy dafür, dass du gerade noch im Spiegel festgesteckt hast.«

»Jetzt bin ich frei. Und ich muss dich fühlen. Du bist mein Anker, mein Heimathafen. Bei dir bin ich geborgen. Gib mir alles, Chris. Lass mich spüren, dass alles wieder in Ordnung ist.«

Seine Worte treiben mir die Tränen in die Augen und ich sorge sofort dafür, dass alle Klamotten verschwinden und wir uns Haut an Haut spüren können.

Ganz nah. Ganz wir.

Ich setze mich auf André und ziehe die Decke über uns, beuge mich zu ihm hinunter und vergrabe meine Nase in seiner Halsbeuge. Ich muss ihn riechen. Immer wieder. Ständig. Dann ist jedes Puzzleteil an seinem Platz. Ganz langsam küsse ich mich von seinem Hals, über sein Schlüsselbein zu seiner Brust. Lasse meine Lippen über seine warme, weiche Haut wandern und entlocke ihm damit süße Töne, von denen ich nicht genug bekommen kann. Ich könnte ewig damit weitermachen, ihn zu streicheln, zu liebkosen und dabei zuschauen, wie sich mein sexy Freund unter mir windet, als wäre er in Trance.

Mein Zeigefinger fährt langsam, aber äußerst zielstrebig zwischen den angespannten Bauchmuskeln entlang, umkreist den Nabel und zeichnet die feine Spur dunkelblonder Härchen nach, die sich weiter nach unten zieht.

André keucht, zieht seine Unterlippe zwischen die Zähne und schaut mich mit lustverhangenem Blick an. »Bitte ...«

Ich drücke mir ein wenig Gleitgel in die Hand und während ich uns beide umfasse, beuge ich mich hinunter zu seinen Lippen.

Ein erschrockenes Quietschen löst sich aus meiner Kehle, als seine Hand in meinen Nacken schnellt, mich unbarmherzig nach unten zieht, bis unsere Münder aufeinanderprallen.

Diesmal ist der Kuss nicht zärtlich oder sanft, hat nichts Verspieltes, sondern ist hart, lustvoll und gierig.

Unsere Zungen kämpfen regelrecht miteinander, stoßen vor und umschlingen sich.

Meine Hand pumpt immer schneller zwischen unseren Leibern und ich spüre den Orgasmus heranrasen wie einen Porsche, der freie Fahrt auf der Autobahn hat. Willkommen im Club der Dreihundert. »Schatz, komm für mich ... jetzt!«

André saugt sich an meinem Hals fest und kommt, hart und ausdauernd.

Der Sog seines Höhepunkts reißt mich mit, wirbelt mich hoch in die Luft und lässt mich fliegen.

***

Ein heftiges Ziehen und Drücken in meinem Inneren weckt mich auf. Kurz habe ich das Gefühl, keine Luft mehr zu bekommen und schaue besorgt zu André, doch der schläft friedlich in meinem Arm und macht niedliche Schnarchgeräusche. Das Echo ist also nicht von ihm. Mike! O Gott, wenn ich seine Emotionen so laut und stark wahrnehme, dann stimmt irgendetwas nicht. Ich atme tief durch, versuche, mich zu beruhigen und in mich hineinzuhören. Es ist vollkommen chaotisch. Es ist jedoch keine Feindseligkeit darunter. Trotz allem fühlt es sich an, als befänden sich Atome sämtlicher Empfindungen miteinander im Clinch.

»Was ist mit dir?« André schaut mich sorgenvoll an, reibt sich über die Brust und streichelt mit der anderen Hand über meinen Dreitagebart.

»Was spürst du?«

»Du bist aufgeregt, aufgewühlt. Es fühlt sich wirr an. Aber ganz leise«, erklärt er mir.

»Wahnsinn. Es muss heftig zugehen, zwischen Ty und Mike, wenn sogar du das Echo seiner Emotionen in mir fühlst.«

»Willst du zu ihm?«

»Nein. Das müssen die beiden selbst auf die Reihe bekommen. Und ich spüre nichts Böses dabei. Ich bin aufgewühlt, aber nicht besorgt. Trotzdem regt es mich irgendwie auf.« Ich rolle mit den Augen und lasse mich zurück ins Kissen fallen.

In diesem Moment klopft es an der Tür. »Jungs? Seid ihr wach?«

»Ja, komm rein, Kati.« Ich ziehe schnell die Decke etwas höher.

Sie hält ein kleines, rotes Kissen in die Höhe. »Das kam gerade aus dem Spiegel im Flur geflogen.«

»Oh, mein Kissen.« André kratzt sich grinsend am Kopf. »Das bedeutet, es gibt noch ein paar größere Scherben und es liegt noch nicht alles in Schutt und Asche. Sonst hätten sie das Kissen nicht hindurch werfen können.«

Kati räuspert sich. »Das ist noch nicht alles. Ich hatte etwas Wasser im Spülbecken eingelassen, weil ich die Teekanne spülen wollte. Kaum war ich fertig, kam ein Wecker aus dem Wasser geflogen.«

Ich kann nicht anders. Ein mächtiges Lachen löst sich tief in meinem Bauch und quetscht sich gemeinsam mit einem Prusten aus mir heraus. Ich lache, wie schon lange nicht mehr. »Wenn Portalmeister kämpfen, fliegen tatsächlich die Fetzen.«

Kati muss sich vor lauter Lachen am Türrahmen festhalten.

André gluckst ebenfalls. »Erst die Fetzen und dann hoffentlich die Schmetterlinge.«

Dann poltert es im Flur und die beiden riesigen Männer purzeln, ineinander verschlungen, fluchend über das Laminat.

»Was hast du nun wieder angestellt?«, schreit Mike.

»DU wolltest doch in deine Wohnung portieren!«, brüllt Tyler zurück.

»Ja, aber das hier ist nicht meine Wohnung!«

»Oh.«

»Kannst du nicht ein einziges Mal mir die Führung überlassen?«

Das bekannte Donnergrollen schallt durch meine Wohnung und lässt die Fenster vibrieren.

Dann schrillt ein Pfiff durch die Räume und hallt dermaßen in meinem Ohr wider, dass ich Angst habe, einen dauerhaften Tinnitus davonzutragen.

Doch Kati hat dadurch die gesamte Aufmerksamkeit. »Eeeyyy«, ertönt es da auch schon und mein Tinnitus scheint sich zu manifestieren.

»Sagt mal, gehts noch?« Kati baut sich vor den beiden Portalmeistern auf und sogar der riesige Tyler lässt wie ein ertappter Schuljunge die Schultern hängen und zieht den Kopf ein.

»Habt ihr euch ausgesprochen und wieder vertragen?«

»Hhmm.«

»Bitte? Ich kann dich nicht verstehen.« Es wirkt urkomisch, wie die zierliche Kati mit ihrer Dominanz die beiden Männer im Griff hat.

»Jahaaa.« Mike blickt immer noch betreten zu Boden, doch seine Mundwinkel zucken.

»Und habt ihr uns sonst noch irgendetwas zu beichten?« Es fehlt nur noch ein Rohrstock, den Kati ungeduldig in ihre Hand schlagen kann, dann wäre das Bild perfekt. Vielleicht noch eine Brille und ein Dutt? Gott, meine Fantasie geht mit mir durch.

Tyler seufzt. »Ich ... ähm.« Kurzer Seitenblick zu Mike. »Wir kaufen dir ein neues Bett.«

»Und einen neuen Wecker«, ergänzt Mike und schaut zerknirscht zu André, der sich köstlich zu amüsieren scheint. »Und eventuell auch ein neues Regal?«

»Ich bin so froh, dass ihr euch wieder vertragen habt!« Die Schmetterlinge, die sich in Mikes Innerem formatieren, vermischen sich mit meinen und das zeigt mir, dass mit den beiden wieder alles in Ordnung kommen wird. »Ich würde euch ja gerne umarmen, aber wir sind immer noch nackt. Also wenn ihr uns bitte einen Moment entschuldigen würdet, dann könnten wir uns anziehen und gleich zusammen noch einen Kaffee trinken, bevor ihr Mikes Schlafzimmer auch noch in Trümmer legt.

***

Zwei Stunden später liegen André und ich eng umschlungen auf meiner Couch. Tyler hat seinen Fuß noch einmal begutachtet, während Mike Kati nach Hause portiert hat.

»Wahnsinn, wie sich mein Leben in nur zwei Wochen so dermaßen verändert hat.« Ich liege mit dem Kopf auf Andrés Brust und denke über die Veränderungen nach, die mich mit Lichtgeschwindigkeit überrollt haben. »Ich habe plötzlich einen Vater, von dem ich nichts wusste und neue Erkenntnisse zu meiner Familie. Ich kann portieren und ... ich habe dich gefunden, meinen Seelenverwandten und die Liebe meines Lebens.«

Ich weiß nicht, wie ich meine Gefühle für André in Worten ausdrücken soll. Die drei berühmten Worte erscheinen mir in diesem Moment viel zu unbedeutend. Meine Lippen suchen seine und ich lege all meine Emotionen in diesen Kuss, der in mir widerhallt wie ein Paukenschlag in einem mucksmäuschenstillen Raum.

»Ich liebe dich auch, Babe.« Andrés Liebe strahlt aus jeder Pore und er zieht mich überglücklich in seine Arme. »Du und ich für immer!«

ENDE

Gummibärchen küsst man nicht

Gayfantasy Romance

Antonia Sandmann

Björn, der smarte Nachbar von Chris, steht eines Nachts in seiner Wohnung drei fremden Männern gegenüber.
Der rothaarige Robin, Gino mit den grünen Strähnen und der verführerisch nach Ananas duftende Wayne offenbaren Björn, Gummibärchenwandler zu sein.
Was wollen die Männer von Björn und wozu kann sich ein Gummibärchen überhaupt wandeln?
Tauch ab, in die bunte Welt der Fruchtgummis und sei vorsichtig. Das nächste Gummibärchen in deiner Hand könnte ein Wandler sein.

Kapitel 1

Dreihundertsiebenundfünfzig heb auf

Björn

Schwer bepackt stolpere ich die letzten Treppenstufen zu meiner Wohnungstür hinauf und schwöre, dass meine nächste Wohnung entweder im Erdgeschoss liegen oder ein Aufzug im Haus vorhanden sein wird. Oder, und jetzt denke ich ganz verwegen, ich finde meinen Traumprinzen und wir ziehen in ein gemütliches kleines Haus mit Garten. »Ha!« Wenn ich eine Hand frei hätte, würde ich mir jetzt mal kräftig auf die Schenkel klopfen. Ich und meinen Traumprinzen finden? Eher wird hier ein Treppenlift eingebaut, als dass das mal passiert. Eine ernsthafte Beziehung und ich ... das ist ungefähr so realistisch, wie wenn Captain Picard ab morgen Linienflüge bei Lufthansa übernehmen würde.

Und nicht nur deswegen werde ich hier nicht so schnell ausziehen. Es gefällt mir hier sehr gut. Bis auf die Tatsache mit der zweiten Etage. Das Umfeld ist ruhig, die Bushaltestelle ist nur um die Ecke und ich habe angenehme Nachbarn. Vor allem Chris von gegenüber. Es ist nicht so, dass wir die dicksten Freunde wären, denn so engen Kontakt haben wir nicht, aber es kommt doch recht häufig vor, dass wir abends oder am Wochenende, entweder bei ihm oder bei mir, mal ein Glas Wein zusammen trinken.

Seit er vor einem halben Jahr André, die Liebe seines Lebens, gefunden hat, sehen wir uns seltener, aber immerhin denken die beiden an mich.

Sie haben einen irrwitzigen Spleen. Sie lieben es, Gummibärchen zu essen, doch Chris verspeist nur die grünen und André ausnahmslos die roten Fruchtgummis. Das wiederum spielt mir in die Karten, denn ich esse weder gerne die roten, noch die grünen, sondern lieber den Rest und am allerliebsten sind mir die weißen Bärchen.

Besagtes Gummigetier wird mir jedoch zum Verhängnis, denn durch den Balanceakt mit den vielen Einkaufstüten, übersehe ich die Schüssel mit den Gummibärchen, die Chris mir, wie so oft, vor die Tür gestellt hat. Ich stolpere darüber und während ich noch versuche, die Einkaufstüten nicht fallen zu lassen, ergießt sich der Inhalt der Schüssel in meinen Flur und gefühlt dreihundertsiebenundfünfzig gelbe, weiße und orange Bärchen verteilen sich auf dem Laminat. Ganz. Klasse.

Eine Stunde später ist der Einkauf verstaut und die süßen Fruchties, dank der Drei-Sekunden-Regel, wieder zurück in der Schüssel. Gut, dass ich gestern geputzt habe. Dadurch konnte ich in diesem Fall auf diese Regel großzügig noch ein akademisches Viertel draufschlagen. Ich hätte Jurist werden sollen. Bei denen dreht sich doch auch alles nur darum, den Gesetzestext nach den eigenen Bedürfnissen entsprechend auszulegen.

Nun sitze ich auf meiner Couch, starre diese riesige Schüssel an und überlege ernsthaft, welcher Rotwein wohl zu gelben Gummibärchen passt. Ja, ja, zu den Gelben. Denn die esse ich zuerst. Ausschlussprinzip halt. Erst die Gelben, dann die Orangenen, und die Weißen hebe ich mir bis zuletzt auf. Ist ja meine Lieblingssorte. Gooooott, ich bin schon genauso ein Freak wie Chris und André.

Ich schnappe mir ein gelbes Gummibärchen, doch noch bevor ich es mir in den Mund stecken kann, höre ich einen leisen Ton. Nur ganz kurz und es klingt wie ein wehleidiges Stöhnen.

Das Fruchtgummi schwebt vor meinem Mund.

Ich horche. Der Ton kommt nicht noch einmal. Vielleicht habe ich mich verhört.

Oder es war die Nachbarskatze von oben. Die gibt auch immer so komische Laute von sich, wenn sie auf der Balkonbrüstung sitzt und Vögel beobachtet.

Die Süßigkeit in meinen Fingern sieht auch ganz normal aus.

Während ich genüsslich auf dem gelben Gummidings herumkaue und überlege, welcher fruchtbetonte Rotwein eine leichte Süße hat und zu einem Obstdessert passen würde, zappe ich wahllos durch das TV-Programm. Es läuft nur Blödsinn im Fernsehen. Ein tiefes Seufzen löst sich in meinem Brustkorb und arbeitet sich langsam aber stetig an die Oberfläche, plustert meine Wangen auf und bricht dann gemeinsam mit einem Schwall Luft aus mir heraus.

Okay, das Schicksal hat entschieden, dass ich heute früh ins Bett gehe und mein Buch fertig lese.

Kapitel 2
Gefangen im Körper eines Gummibärchens

Wayne

»Aaargh ... Gino, komm schon. Du musst ein bisschen mitarbeiten.«

Ich liege immer noch unter drei orangenen Fruchtgummibären, während ich beobachte, wie Robin versucht, seinen Gino zu befreien, der - wie ich - unter mehreren anderen Fruchtgummis begraben ist.

Gino jedoch scheint festzustecken. »Robin, mio caro. Meinst du, du kannst aus der Schüssel herausklettern und dich wandeln? So wird das doch nichts.«

Wahre Worte, die Gino, das grüne Gummibärchen, findet.

Robin, der Rote, könnte sich schon jetzt wandeln, doch dadurch würde er riskieren, dass er in voller Größe das gläserne Behältnis samt Inhalt zertritt und Gino und mich damit über den Jordan schickt.

Wobei sie nicht einmal wissen, dass ich ihnen gefolgt bin.

Robin klettert umständlich über ein paar Fruchtgummileiber und hievt sich ächzend über den Rand. Dann steht plötzlich ein großer, schlanker, rothaariger Mann im Raum und kommt eilig auf den Tisch zu. Er holt vorsichtig das einzige grüne Gummibärchen aus der Schüssel und legt es sanft auf dem Boden ab. »Gino, Schatz. Komm, wandel dich.«

Und im nächsten Augenblick steht Gino im Wohnzimmer. In Menschengestalt ist er genauso groß wie Robin, hat dunkelbraune Locken mit grünen Strähnen und einen Sidecut.

Ich überlege, mich bemerkbar zu machen und mich hier herausholen zu lassen, als Gino losplappert.

»Und nun, mio caro? Wie sollen wir den richtigen Portalmeister finden? Der Mensch, der hier wohnt, ist keiner. Das spüre ich. Wir können doch nicht einfach in sein Schlafzimmer stürmen und ihn nach dem Portalmeister fragen.«

»Immer langsam, Gino«, antwortet Robin, legt ihm die Hände auf die Schultern und schaut ihm tief in die Augen. »Wir haben die ganze Nacht Zeit, uns etwas zu überlegen. Der Kerl schläft und wir müssen nichts überstürzen. Oskar hat mir versichert, dass in diesem Haus derjenige wohnt, der uns zu dem Portalmeister bringen kann, der uns weiterhelfen kann. Und Oskar ist der weiseste Gummibär, den ich kenne. Schade, dass er nicht mitkommen konnte. Aber hier wohnen nicht viele. Wir werden es sicher schnell herausfinden.« Robin zieht Gino zu sich heran, stupst dessen Nase mit seiner eigenen an und beginnt, hauchzarte Küsse auf Ginos Gesicht zu verteilen.

Goooott, können die einmal ihre Finger voneinander lassen? Mir entweicht ein Stöhnen, das wohl etwas zu laut ausfällt, denn sofort fährt Ginos Kopf herum. Mist! Er kneift die Augen zusammen und fixiert die Schüssel. »Chi è là?«

Oh oh. Ich rutsche etwas tiefer unter den orangenen Fruchtgummikörper und versuche, mich kleinzumachen. Und nein, nicht alle Gummibärchen sind Gestaltwandler. In der Masse in dieser Schüssel gibt es exakt drei Wandler und wir waren auch nicht in der Tüte mit diesem Gesocks, sondern haben einen langen Weg hinter uns.

Robin hat von Oskar, einem orangenen Gummibären, diese Adresse genannt bekommen und als wir hier ankamen, mussten wir uns verstecken. Praktischerweise stand dieses Glasbehältnis im Hausflur.

Genau betrachtet, hatte ich unendliches Glück, dass mich die beiden nicht schon bemerkt haben, als ich in die Schüssel gesprungen bin. Bei der Verfolgung auf dem Weg bis hierher, hatte es genug Möglichkeiten gegeben, sich zu ducken oder unsichtbar zu machen, aber innerhalb des Hauses wurde es brenzlig. Und dabei kam mir zugute, dass ich einer der wenigen bin, die sich in der Bewegung wandeln können. Also mitten im Sprung. Raus aus der Schüssel ist schwieriger als hinein. Aber das ist jetzt mein geringstes Problem, denn schon taucht Ginos Gesicht über der Schüssel auf.

»Wayne? Du? Cosa stai facendo qui?«

Robins Echo lässt nicht lange auf sich warten. »Genau, was machst du hier? Bist du uns gefolgt?«

»Könnt ihr mich vielleicht erst einmal hier herausholen?« Gut, dass ich in meiner Gummibärchengestalt nicht mit den Augen rollen kann. Die hätten jetzt schon ein Schleudertrauma.

»Warum bist du uns gefolgt? Was soll das?« Gino geht mich sofort an, als ich in Menschengestalt im Zimmer stehe. Seine dunklen Augen funkeln empört, während er mich rückwärts drängt. Als ich mit den Waden an etwas Hartes stoße, kann ich das Gleichgewicht nicht halten und auch das instinktive Rudern mit den Armen hilft mir nicht. Ich stürze polternd auf das Sofa hinter mir.

Gino und Robin beginnen eine Diskussion, doch bevor ich etwas sagen kann, höre ich, wie die Tür zu einem Nebenzimmer geöffnet wird und ein spitzer Schrei ertönt.

Kapitel 3

Wackelpudding im Hirn

Björn

Ein dumpfes Poltern aus dem Nebenzimmer lässt mich hochschrecken. Im hohen Bogen fällt mein Buch zu Boden und ich muss mich erst einmal sammeln. Es scheint so, als wäre ich gestern Abend beim Lesen eingeschlafen. Es ist dunkel draußen, also ist die Nacht noch nicht vorbei. Ich schwinge die Beine aus dem Bett und will aufstehen, um nachzusehen, woher das Poltern kam, da höre ich Stimmen. Mist. Ich habe mir noch nie Gedanken über Einbrecher gemacht. Immerhin wohne ich im zweiten Stock. Ich bin mir sicher, dass ich die Wohnungstür, wie jeden Abend, verriegelt habe.

Aber vielleicht sind sie über die Fassade gekommen und haben die Balkontür aufgebrochen.

Mein Herz rast. Meine Füße stochern hektisch über den Boden und finden die Hausschuhe nicht. Ach was solls, dann eben barfuß. Auf dem Weg zur Tür wische ich gefühlt zwanzig Mal die Handflächen am Schlaf-Shirt ab. Nebenan, im

Wohnzimmer ist kein Laut zu hören. Ich nehme meinen ganzen Mut zusammen, reiße die Tür auf und ... schreie! Laut.

Im Lichtschein, der von der Straßenlaterne durch das große Fenster fällt, sehe ich zwei Kerle vor mir stehen, die unterschiedlicher nicht sein könnten, und starren mich an. Tatsächlich Einbrecher! Was mache ich denn jetzt? Der Wackelpudding in meinem Hirn ist keine große Hilfe.

In diesem Moment bemerke ich zwei Füße, die an der Seite des Sofas herausschauen. Da liegt jemand auf dem Sofa. Ach. Du. Scheiße. Die werden doch in meiner Wohnung keinen umgebracht haben? Na ja, wen auch? Ich war ja im Schlafzimmer. Und ich bin noch lebendig. Glaube ich.

Der Herzschlag hallt in meinen Ohren wider und die Füße sind wie festgetackert. Den beiden Männern scheint es ebenso zu gehen. Real life Mikado. Keiner traut sich, sich zu bewegen. Wir starren uns nur gegenseitig an.

»What's going on now? Habt ihr einen Geist gesehen oder ist das euer Portalmeister?« Eine Stimme aus dem Off.

Auf der anderen Seite meines Sofas erhebt sich ein Kopf und ich bin mir sicher, ich sterbe gleich an plötzlichem Herztod. Vor Schreck springe ich seitwärts, knalle voll gegen den Türrahmen und rutsche daran hinunter. Der junge Mann, zu dem dieser Kopf gehört, hat ein äußerst hübsches Gesicht, weißblonde, strubbelige Haare und schaut mich aus himmelblauen Augen neugierig an.

Zu stolperndem Herzrasen und übermäßigem Schwitzen kommt Schnappatmung hinzu. Das Letzte, an das ich denken kann, ist, wie es sein kann, dass Einbrecher so verdammt schöne Augen haben.

***

Als ich wieder zu mir komme, lasse ich die Augen geschlossen. Es fühlt sich an, als würde ich in meinem Bett liegen. Ein erleichtertes Seufzen entweicht mir und ich lächle. Es war alles nur ein wirrer Traum. Meine Güte, das hat sich so echt angefühlt. Ich muss unbedingt meinen besten Freund fragen, was es mit diesem komischen Traum auf sich hat.

Mein Bester interessiert sich für Traumdeutung und hat etliche Bücher darüber gelesen.

Ich bin schon jetzt gespannt, was die Bücher über sexy Einbrecher sagen. Besonders die weißblonde Sahneschnitte auf dem Sofa hatte ein äußerst attraktives Gesicht. Und die dunkle Stimme. Wieder entwischt mir ein Seufzen.

Eine Hand legt sich auf meinen Unterarm und sofort fliegen meine Augenlider auf bis zum Anschlag. Die sanfte, fürsorgliche Geste wird zupackend und mir bleibt ein Schrei im Hals stecken. Ich kriege nur ein heiseres Quietschen heraus.

»Keine Angst. I'm a good one.« Die Sahneschnitte sitzt neben mir auf der Bettkante und lächelt mich an.

Die sonore Stimme klingt zwar beruhigend und meine Alarmglocken verstummen, doch der Sicherheitsdienst ist immer noch auf Patrouille und mein ganzes System ist auf hab acht.

Wieso habe ich nicht gleich gemerkt, dass jemand bei mir auf der Matratze sitzt? Himmel, ich bin schon wieder nahe am plötzlichen Herztod.

»Hi. Ich bin Wayne. Nice to meet you.«

Die sanfte Stimme mit dem amerikanischen Akzent ist wie Balsam in meinen Gehörgängen.

Dennoch fühle ich mich immer noch wie gelähmt. Schockstarre.

»Verrätst du mir auch deinen Namen?« Waynes himmelblaue Augen passen unheimlich gut zu dem leichtgebräunten Teint und seinen unglaublich hellen Haaren. Sein aufmerksamer Blick gleitet über mein Gesicht.

»Ähm ...«, krächze ich und ärgere mich sofort über den dämlichen Eindruck, den ich machen muss. »Ich bin Björn. Aber ...« Ich wische über mein Gesicht, um besser zu mir zu kommen. »Wer seid ihr? Wollt ihr mich ausrauben oder ... O Gott, ist das eine Geiselnahme? Was machst du in meinem Schlafzimmer? Wo sind die anderen und wie seid ihr hier hereingekommen?« Ich versuche, über seine Schulter zu schauen, doch die Schlafzimmertür ist geschlossen. Meine Starre löst sich und wandelt sich um in Wut. Also war das alles gar kein Traum.

Kapitel 4

Kannibalismus

Wayne

»Ich ... also wir sind keine Einbrecher. Wir sind ... damn, wie soll ich das am besten erklären?« Kann ich ihm überhaupt anvertrauen, wer beziehungsweise was wir sind? Sollte ich das vorher mit den anderen besprechen?

Mein Blick zuckt kurz zur Tür und wieder zurück zu Björns wütend zusammengepressten Lippen. Am liebsten würde ich ihm die Wut aus dem Gesicht küssen, weil ich ihn auf Anhieb unheimlich süß finde. Doch das wäre momentan sicher der falsche Ansatz.

»Okay, lass mich raus hier.« Björn setzt sich im Bett auf, doch da ich noch auf der Bettkante sitze, kommt er nicht gleich an mir vorbei. Er knurrt mich an und schubst mich von der Matratze. »Geh mir aus dem Weg, ich muss an die frische Luft.«

»Ich bin ein Gummibärchen!« Die Worte platzen aus mir heraus.

Björn erstarrt in seiner Bewegung, die Beine schweben noch in der Luft über der Bettkante. Seine Mimik schwankt zwischen Wut, Belustigung und Unglaube. »Verarsch′ mich nicht.« Er schnaubt und als er aufsteht, bin ich sofort neben ihm.

Ich packe ihn an den Oberarmen. Will, dass er mir zuhört. »Ich weiß, dass es für dich unfassbar klingt, doch ich bin ein Gummibärchenwandler.« Mein Blick sucht seinen, hakt sich fest und versucht, ihn zu halten. »Ich bin Wayne, ein weißes Gummibärchen. Und das, was du siehst, ist meine Menschengestalt.« Ich schlucke hörbar und hoffe, dass er mir Glauben schenkt. »Robin und Gino draußen sind auch Wandler.«

»Ich glaub mir wird schlecht.« Björn presst sich eine Hand vor den Mund und stürzt aus dem Schlafzimmer. Er schubst Robin unwirsch zur Seite und verschwindet durch eine andere Tür.

»Ey, was...«, ruft Robin sauer, doch ich unterbreche ihn gleich. »Er weiß es. Ich habe ihm die Wahrheit gesagt.«

»Idiota!« Gino haut mir die Hand auf die Brust.

Bevor er mir an die Gurgel gehen kann, bin ich an den beiden vorbei und eile Björn zu Hilfe, der in seinem Badezimmer vor dem Klo kniet und sich die Seele aus dem Leib kotzt.

»Hey«, flüstere ich und reibe ihm zart über den Rücken. Ahnend, was seine heftige Reaktion ausgelöst hat. »Es gibt nur wenige Wandler. Die meisten Gummibärchen sind einfach nur eine nette Nascherei. Du hast sicher noch keinen

Wandler gegessen. Wandler können sich bemerkbar machen. Und glaub mir, im Angesicht des Gefressenwerdens würde sich jeder Wandler zeigen.«

Björn sieht mit rotunterlaufenen Augen zu mir auf und zittert am ganzen Leib. »Himmel, Wayne. Ich habe gestern Abend ein gelbes Gummibärchen gegessen und davor habe ich einen Laut gehört und konnte ihn nicht zuordnen.«

»Das war ein normales Fruchtgummitier. Der Laut kam von mir. In dem Moment, als du es aus der Schüssel geholt hast, ist eines der anderen auf mich drauf gefallen. Das hat ganz schön wehgetan. Auch wenn ich in der Bärchengestalt bin, kann ich fühlen und Schmerz empfinden.« Meine Schultern zucken entschuldigend nach oben.

Ich angle mir einen Waschlappen von der Handtuchablage, mache ihn nass und tupfe Björn damit vorsichtig das Gesicht ab. »Komm her.«

Er lässt sich widerstandslos hochziehen und sinkt in meine Umarmung. »Ich dachte echt, ich wäre gestern zum Kannibalen geworden.«

»Schscht. Alles gut.« Ich genieße es, Björn in meinem Arm zu halten, den angenehmen Druck seines Kopfes an meiner Schulter zu spüren und unauffällig an seinem Haar zu schnüffeln.

»Ich merke, dass du grinst«, nuschelt Björn in mein Shirt.

»Du riechst gut.«

»Du aber auch.« Der niedliche Mensch in meinem Arm drückt seine Nase in meine Halsbeuge und atmet tief ein. »Irgendwie nach ... Ananas?«

Ich kann nicht anders und muss einfach kichern. »Klar. I am the white one. Ich bin ein weißes Gummibärchen.«

Plötzlich löst sich Björn von mir. Seine Wangen sind herrlich rosa gefärbt. »Ich ... ähm. Vielleicht sollten wir wieder ins Wohnzimmer gehen, damit du mir die anderen vorstellen kannst. Ich habe tausend Fragen an euch.«

Themenwechsel? Schade. Aber gut. Es wundert mich, dass der ungeduldige Gino nicht schon längst ins Bad geplatzt ist.

Der attraktive Mensch zieht die Stirn kraus. »Ihr seid in der Schüssel meines Nachbarn in meine Wohnung gekommen. Warte! Seid ihr echt? Ist das eines dieser Experimente von Chris` Vater? Oder ein Scherz von André?«

Widerwillig entlasse ich Björn aus meinen Armen und weiß nicht, was ich sagen und mit meinen Händen machen soll, die eben noch sanft seinen Rücken erkundet haben. Ob ich wohl die Gelegenheit bekomme, das bald mal ohne Shirt machen zu dürfen?

Zu meiner Freude nimmt er meine Hand und zieht mich aus dem Bad, durch den kleinen Flur ins Wohnzimmer.

»Ihr beantwortet mir jetzt auf der Stelle meine Fragen!«

Kapitel 5
Weiße Gummibärchen schmecken nach Ananas

Björn

Eine Minute länger in Waynes Armen und ich hätte nachgeprüft, ob er wirklich nach Ananas schmeckt, hätte über seine Lippen geleckt und seinen Mund gekostet. Zart mit meiner Zunge über ... O Gott, ich muss aufhören, darüber nachzudenken. Himmel, ich kenne diesen Typen erst ein paar Stunden und bin hart und willig ihn in mein Bett zu ziehen. Und das, wo mir übel war und ich den kompletten Mageninhalt losgeworden bin. In seinem Beisein. Das fällt wohl in die Kategorie ›Peinlicher wird's heute nicht mehr‹. Wo bin ich da nur hineingeraten?

Wayne lässt meine Hand los und legt mir seine auf den unteren Rücken, wo sie sich augenblicklich durch mein Shirt zu brennen scheint. Er nickt zu dem Rothaarigen. »Björn, das ist Robin.«

»Hey Björn. Tut mir leid, dass wir dich dermaßen erschreckt haben. Wir haben schlichtweg nicht nachgedacht.

Das Schicksal hat uns geradezu eingeladen, in die Schüssel vor deiner Tür zu springen.« Er reicht mir die Hand und zieht mit der anderen den Kerl mit den grünen Strähnen vor seine Brust. Er umschlingt ihn von hinten und legt sein Kinn auf dessen Schulter ab. »Das ist Gino. Mein Freund.«

»Ciao ragazzo.«

»Hi. Ähm... coole Frisur.«

Gino strahlt über das ganze Gesicht.

Da hab ich anscheinend das Richtige gesagt. »Okay. Würdet ihr mir nun mal verraten, warum ihr euch in einer Schüssel voller Gummibärchen in meine Wohnung geschmuggelt habt? Ich meine, ... ich dachte zuerst, ihr seid Einbrecher. Dann erfahre ich, das Gummibärchen nicht nur süße, kleine, essbare Fruchtdinger sind ...« *Sondern zu echt heißen Geschöpfen mutieren können.* »... aber,... aber warum?« Ich bin voll durch den Wind. Und Waynes Hand, die wieder angefangen hat, mir sachte über den Rücken zu streicheln, macht das Ganze nicht besser.

»Süßer, hör zu ...« Wayne wendet sich mir zu, wird jedoch direkt von Robin unterbrochen.

»Lass mich bitte erzählen. Es ist unsere Geschichte. Unser Problem.« Robin lässt sich auf das Sofa sinken und zieht den Kerl mit den grünen Strähnen auf seinen Schoß. »Gino und ich lieben uns. Sehr. Und wir möchten heiraten.«

Die Liebe strahlt den beiden tatsächlich aus allen Poren und ich werde auf der Stelle neidisch.

Ich will auch so etwas! Mein tiefes Seufzen zieht alle Blicke auf mich. Am besten nicht weiter darüber nachdenken, sondern weiterreden. »Was hält euch davon ab?«

»Gummibärchenwandler haben kein ›Oberhaupt‹, wenn man so sagen will. Wir bewegen uns in der Welt der Menschen, haben aber Verbindung zum Volk der Porter und nur ein Portalmeister kann Gummibärchenwandler trauen, scheiden oder über sie richten.«

»Und wir suchen einen Portalmeister, der die Befähigung dazu hat«, ergänzt Gino seinen Freund. »Unser Kumpel, Oscar, hat Robin gesagt, dass hier in questa casa ein Portalmeister wohnt.«

»Das stimmt.« Ich schaue auf die Uhr. Samstag Mittag. Chris und André müssten eigentlich zu Hause sein. Wenn jemand sich mit Portern und Portalmeistern auskennt, dann sie. Immerhin ist Chris ein Porter und Mike, sein Vater, ein Portalmeister. Kurzentschlossen schnappe ich mir meinen Schlüssel. »Kommt mit.«

Leider stellt sich heraus, dass die beiden nicht zu Hause sind. Vermutlich sind sie bei André.

Wir tappen im Entenmarsch wieder zurück in meine Wohnung und ich schreibe Chris eine WhatsApp. »Ich weiß ja nicht, wie es euch geht, aber ich brauche jetzt unbedingt einen Kaffee.«

»Kann ich dir dabei helfen?« Waynes tiefe Stimme schießt mir direkt in den Unterleib und ich springe vor Schreck zur Seite.

Der Kaffeelöffel landet scheppernd auf dem Boden.

»Herrgottnochmal, musst du dich so anschleichen?« Und warum ist er mir so nah? Wieso reagiere ich dermaßen auf ihn? Zur Hölle, er ist ein Gummibärchen!

Wayne grinst über beide Ohren. »Ich wollte dir nur über die Schulter schauen.«

»Du nimmst das ziemlich wörtlich.«

Wayne greift an mir vorbei und nimmt sich meine Tasse. »Hast du auch Milch?«

Da im Kühlschrank keine mehr steht, quetsche ich mich an ihm vorbei, während sich meine Nase automatisch in Richtung des verführerischen Ananasduftes dreht.

»Hast du ...«

»O Gott, mein Herz!« Durch die bescheuerte Aktion meiner Nase habe ich nicht mehr mitbekommen, wie Robin die Küche betreten hat, und bin voll in ihn hineingelaufen. Ich ignoriere ihn und laufe durch den Flur in Richtung Abstellkammer.

»Hey Björn, was wolltest du?« Mein Herz bleibt fast stehen, als Chris und André aus dem Garderobenspiegel springen.

»Wollt ihr mich alle umbringen?« Ein Schrei löst sich aus meiner Kehle und meine Hände fliegen zur Brust. »Ich brauche dringend einen Spiegel im Treppenhaus. VOR der Wohnungstür.« Mein Herz pumpt wie bei einem Marathon und die Lunge ist kurz vorm Kollaps. Ich drücke mich mit dem Rücken an die Wand und rutsche atemlos und langsam daran hinunter, bis ich auf dem Boden sitze.

»Ach Mist. Björn, es tut mir leid. Ich hätte vorher anrufen sollen. Das war übergriffig. Das kommt nicht wieder vor, okay?« Chris kniet mit besorgtem Dackelblick vor mir.

»Du brauchst unbedingt ne Klingel am Spiegel.« André versucht es auf witzige Art, aber auch er bittet um Verzeihung.

»Hi, ich bin Wayne. Geht doch zu den anderen ins Wohnzimmer. Ich kümmere mich um Björn.« Wayne sinkt neben mir auf die Knie und zieht mich in seine Arme.

Ich sehe, wie Chris und André sich mit hochgezogenen Augenbrauen und zuckenden Mundwinkeln anschauen und dann im Wohnzimmer verschwinden. »Du bist ganz schön cuddly.« Ich schaue in Waynes himmelblaue Augen und schwebe in diesem Moment auf einer rosa Wolke direkt hinein.

Kapitel 6

Da laust mich doch das Gummibärchen

Wayne

Wir stehen allein im Flur.

Unsere Blicke sind minutenlang ineinander verhakt.

In Björns sturmgrauen Augen schieben sich langsam ein paar blaue Wölkchen in den Vordergrund und plötzlich richtet sich sein Blick auf meinen Mund, zuckt wieder nach oben, bittet still um Erlaubnis.

Ich beuge mich langsam nach vorn. Lasse ihm Zeit, sich umzuentscheiden.

Sein Blick löst sich von meinem Mund, zuckt erneut nach oben und sucht meinen. Und in diesem Augenblick treffen unsere Lippen aufeinander und ein berauschendes Gefühl schwappt durch meinen Körper.

Björn fährt mit seiner Zunge über meine Unterlippe und stöhnt, als ich ihm Einlass gewähre.

Dieser Laut dringt in meine Ohren, bahnt sich vibrierend einen Weg durch den Körper und sorgt dafür, dass es in meiner Hose schlagartig zu eng ist.

Beim goldenen Gummibären, was macht er mit mir? Überall in mir kribbelt es und alles fühlt sich an wie, ... wie diese Fliege, die mal auf mir herumgelaufen ist, als ich in Gummibärengestalt im Gras gelegen habe. Dieses Vieh hat mit seinem Rüssel an mir herumgesaugt und geleckt und ihre Beinchen sind hin- und hergetänzelt und .... oooooooh Björn leckt an mir wie besagte Fliege. *Heiliger Fruchtzucker, ich glaube, ...* »Ich schmelze gleich.«

Björn hält augenblicklich inne und schaut mich irritiert an. »Kannst du das denn? Schmelzen?«

»Ähm, ja schon. Also, ... ich könnte. Aber das wäre dann mein Ende. Hast du noch nie Gummibärchen in der Sonne liegen lassen?«

»Nein.« Das Sturmgrau seiner Augen nimmt mich gefangen und sendet mir stumm weitere Fragen.

»Ich nehme natürlich keine Sonnenbäder, aber wenn ich in Gummibärengestalt auf dem Tisch einschlafen würde und die Sonnenstrahlen irgendwann auf mich fallen würden, ohne dass ich davon aufwache, könnte das mein letzter Schlaf gewesen sein.

»Also alles, was einen Fruchtgummi zerstört, kann auch dich zerstören?«

»Nur, wenn ich in dieser Gestalt bin.«

»Und wann macht es Sinn, ein Fruchtgummigeschöpf zu sein? Also ... ich meine ... wann musst du ein Gummibärchen sein und wann bist du in Menschengestalt?«

»Björn, sag mal, hast du auch Milch?« André steckt seinen Kopf durch die Tür. »Ich brauche jetzt unbedingt einen Kaffee.«

»Tolles Timing.« Björn verdreht die Augen und schießt damit Blitze auf den anderen Menschen ab.

Der intime Moment ist vorbei. Wir rappeln uns auf, Björn schnappt sich eine Packung Milch aus der Vorratskammer und gemeinsam schlendern wir zurück zu den anderen.

»... und du färbst die Strähnen echt mit Kräutern? Musst du da nicht ständig nachfärben, wenn das pflanzlich ist?« Es ist ein Bild für die Götter, wie der eine Mensch mit seinen langen Fingern vorsichtig durch Ginos Haare fährt und die grünen Strähnen begutachtet. Der Gedanke an Affen beim Lausen lässt mich kichern.

»Chris, André, ... darf ich euch Wayne vorstellen? Mit Robin und Gino habt ihr euch sicher schon selbst bekannt gemacht.« Björn legt mir eine Hand an den unteren Rücken und schiebt mich nach vorn.

Der Kerl, der Gino gelaust hat, dreht sich herum. »Hi. Ich bin Chris.«

In diesem Moment schlendert der andere Mensch durch die Küchentür. »André. Hi.« Er streckt mir die nach oben offene Hand hin und zieht eine Augenbraue hoch. »Gummibärchen?«

Björn keucht und gleichzeitig zersplittert seine Kaffeetasse auf dem hellen Fliesenboden. Sekunden später rennt er aus der Küche.

Ich schaue Robin an und zucke mit den Schultern, bevor ich vorsichtig über die Scherben steige und Björn hinterher eile. Der arme Kerl. Ob er jemals wieder Gummibärchen essen können wird?

Kapitel 7

Welcher Portalmeister darfs denn sein?

Björn

Schon wieder knie ich vor der Keramik im Bad, doch es kommt nichts mehr. Mir ist einfach mächtig übel.

Wayne schleicht sich herein, wischt mir erneut zärtlich mit dem feuchten Waschlappen über das Gesicht und zieht mich in seine Arme. Bei dem Gedanken, dass ihm etwas zustoßen könnte, dreht sich mir der Magen um. Und daran, dass er nach erfolgreicher Mission wieder in ›seine‹ Welt zurückkehren muss, möchte ich ebenfalls nicht denken.

Ich kenne diesen Mann erst seit wenigen Stunden und möchte ihn dennoch nicht mehr missen. Es fühlt sich an, als wären wir seit einer Ewigkeit zusammen und doch weiß ich nichts von ihm. Einzig der offene, ehrliche Ausdruck in seinen himmelblauen Augen hebt mich hinauf zu den Wolken und lässt mich glauben, dass er der Eine für mich ist. Und das, obwohl ich mich bisher immer über diejenigen lustig gemacht habe, die mir etwas von Liebe auf den ersten Blick erzählt haben.

»Gehts wieder?« Wayne drückt mich an sich und der dezente Ananasduft beruhigt mich sofort.

Ich antworte ihm mit einem zaghaften Nicken, denn ich traue meiner Stimme nicht. Ich weiß, dass wir wieder zu den anderen gehen müssen, aber ich will nicht. Ich will mit Wayne allein sein, ihn kennenlernen, küssen und mit ihm die Zeit anhalten.

»Komm, wir erklären deinen Freunden alles. Umso schneller sind wir allein.« Wayne scheint Gedanken lesen zu können. Ob Gummibärchenwandler telepathische Kräfte haben?

Im Wohnzimmer herrscht betretenes Schweigen. André rutscht auf dem Sessel herum und platzt heraus: »Könnt ihr uns jetzt bitte mal aufklären, warum wir hier sind und wer ihr seid?« Er schaut die drei Wandler nacheinander an, bevor sein Blick fragend an mir kleben bleibt.

Ich wische mir die Hände umständlich an meiner Jeans ab und schaue aus den Augenwinkeln flüchtig zu Wayne. »Also Chris, eigentlich möchten die drei zu dir. Sie sind ...«

Himmel, sie werden mich auslachen. Was, wenn die drei sich das nur ausgedacht haben? Einen Beweis, dass sie Gummibärchen sind oder sich wandeln können, habe ich nicht. Meine Augen scannen kurz die Ecken des Wohnzimmers und suchen flüchtig eine Kamera. Der erste April ist vorbei. Aber wer würde mich so dermaßen verschaukeln wollen? Andererseits ist Chris ein Portalmeister. Wenn es solche Typen gibt, gibt es sicher auch Gummibärenwandler. Oder?

Bevor ich tiefer in meine Gedankenwelt einsinken kann, übernimmt Robin das Wort.

»Wir sind Gummibärchenwandler. Wir leben in einer Parallelwelt. Zusammen mit den Portern. Aber wir können, wie die Porter, zwischen den Welten wechseln und fühlen uns hier in dieser Welt ebenso wohl«, erklärt Robin. »Gino und ich lieben uns und wollen heiraten. Aber die Zeremonie kann nur durch einen Portalmeister vollzogen werden.« Hoffnungsvoll schaut er Chris und André an.

»Er ist hier der Portalmeister.« André nippt an seinem Kaffee und zeigt mit dem Daumen auf seinen Freund.

»Ähm, naja, schon irgendwie.« Chris streicht über seinen Dreitagebart. »Ich hab von Zeremonien keine Ahnung und ich kann das mit dem Portieren auch noch nicht so lange.«

Gino seufzt tief und sieht aus wie eine getretene Katze.

»Ich kann aber meinen Vater fragen. Er ist ein richtiger Portalmeister.« Chris springt auf und zerrt sein Handy aus der Tasche.

»Er geht nicht ans Telefon.« Nach etlichen Versuchen rollt Chris mit den Augen und lässt seine Finger über das Display fliegen. »Ich schreibe ihm eine Nachricht.«

»Ihr seid also Gummibärchenwandler?« André legt seinen Kopf schief und wiegt die fruchtigen Bärchen, die er immer noch nicht gegessen hat, in seiner Hand.

Robin nickt. »Keine Angst, das in deiner Hand sind keine Wandler. Das sind essbare Fruchtgummis.«

»Und woran erkennt man einen Wandler?«, will André wissen.

»Wir sind etwas größer als die normalen Gummibärchen. Und matt. Wir glänzen nicht.«

»Aber ... il più importante ... es ist wichtig, dass wir nicht in den Tüten leben. Capisci?«

»Und was macht ihr Gummibärchenwandler dann so den lieben langen Tag?« André hakt nach und ich merke, dass er es nicht böse meint, doch Gino springt voll darauf an.

»Du willst wissen, welchen Grund wir haben zu existieren? Du denkst, wir sind parassita? Schmarotzer? Warum fragst du nicht, welche Berechtigung eine Stechmücke hat zu leben? Warum fragst du uns? Weil wir anders sind? Ungewöhnlich?« Gino, das grüne Gummibärchen wird langsam rot und redet sich in Rage.

Ich schmunzle, obwohl er natürlich recht hat. André hat es mit Sicherheit nicht so gemeint, wie Gino es verstanden hat, doch die Frage war provokant.

Robin zieht seinen Freund auf den Schoß und reibt ihm beschwichtigend über den Rücken. »Wir leben hier in eurer Welt und es gibt nicht allzu viele von uns. Die meisten arbeiten in den Fabriken, in denen die Fruchtgummis hergestellt werden. Wir bewahren die originalen Ursprungsrezepte, aus denen wir entstanden sind, kennen die Geheimzutaten und nur wir kennen den richtigen Herstellungsprozess.« Robin setzt sich immer aufrechter hin, während er spricht, und er ist sichtlich stolz ein Gummibärchenwandler und Hüter von Geheimnissen zu sein.

»Aber es gibt doch so viele Marken und Sorten. Überall auf der Welt.« Chris will anscheinend tiefer in die Gummibärchenproduktion einsteigen.

»Ja, aber es ist wie bei allem«, erklärt Robin. »Es gibt überall Nachahmer. Das Originalrezept kennen nur wir.«

Es entspinnt sich ein längeres Gespräch, das äußerst interessant ist, doch meine Gedanken driften ab und ich werfe immer wieder einen Blick auf Wayne.

Kapitel 8

Der Kuss

Wayne

Meine Wangen brennen. Ich spüre genau, wie Björn immer wieder verstohlen zu mir linst und mich anschaut, beobachtet.

Seine Freunde interessieren sich für unsere Spezies, auch wenn André mit einer ziemlich provokanten Frage eingestiegen ist und Gino damit mächtig auf die Palme gebracht hat.

Doch genauso wie Björn, bin ich gedanklich weit weg. So wie ich die Sache sehe, grübeln wir sogar auf den gleichen Gedanken herum.

Ich habe die anderen bereits ausgeblendet und wie von selbst dreht sich mein Kopf zeitlupenartig zu meinem Schwarm.

Mein Blick wandert von seinen, über das helle Laminat kratzenden Zehen und die schlanken Knöchel und schwenkt schnell über die eng anliegende Jeans, unter denen sich stramme Waden abzeichnen, weiter nach oben. Ich scanne den Oberkörper, über den sich ein weißes Shirt spannt.

Muskulös ist Björn nicht, aber das ist mir nur recht, denn ich kann ebenfalls nicht mit einem Sixpack glänzen. Warum auch?

Ich lasse meinen Blick kurz zur Seite schweifen, bewundere die mit feinen Härchen überzogenen Arme und die Venen, die sich durch die gebräunte Haut dunkel abzeichnen.

Mein Blick kommt bei seinem schlanken Hals an, gleitet über das rasierte Gesicht, ist entzückt über die feine Nase und die ebenmäßige Haut und wandert ganz langsam höher.

Meine Organe haben ihre Drumsticks ausgepackt, streichen zunächst vorsichtig mit den Spitzen über das Fell der Snare Drum.

Dann finden sich unsere Augen und alle Drumsticks schlagen gleichzeitig auf den Rand des dünnen Crash-Beckens. Der explosionsartige Sound entfaltet sich sofort und versetzt alles in meinem Inneren in Aufruhr. Der Klangteppich hüllt meine Organe ein und lässt sie vibrieren, bis der letzte Ton verklungen ist.

Meine Hand macht sich selbständig, schwebt hinauf zu Björns Wange.

Dessen Augen weiten sich ungläubig.

Trotzdem kommt mir sein Oberkörper langsam entgegen.

Björns Blick zuckt zu meinem Mund, seine Zähne bearbeiten dessen Unterlippe und mir entweicht ein Keuchen.

Wie sehr kann man sich einen Kuss herbeisehnen?

Meine sturmgrauen Wolken ziehen hinüber und finden einen Platz in Björns himmelblauen Iriden, türmen sich auf zu großen weißen Kumuluswolken, um sich Sekunden später aufzulösen.

Ich verliere mich am wolkenlosen Himmel und spüre seine Lippen auf meinen. Weich und zart. Samt auf Seide. Ganz sanft. Fragend. Bittend.

Ich lege meine Hand in seinen Nacken und ziehe ihn näher zu mir.

Unsere Augen schließen sich in dem Moment, als sich unsere Lippen öffnen und den Zungen Zugang zueinander gewähren.

Die Spitzen berühren sich zaghaft, umspielen einander neugierig und tasten sich gemächlich weiter vor.

Björn schmeckt nach Kaffee, nach Mensch, nach Ankommen und Geborgenheit.

Ich will mehr davon, möchte in seinen Armen versinken und in ihn hineinkriechen.

Sein Duft nimmt mich gefangen und hüllt uns in einer beschützenden Blase ein.

Meine Fingerspitzen tasten vorsichtig über sein glattrasiertes Kinn, über die Wangen hinauf bis ins Haar, wo die Fingernägel sachte über seine Kopfhaut kratzen, bis ihm eine Gänsehaut den Hals hochkriecht.

Aus Björns Kehle löst sich ein Knurren. Er hält mich mit einer Hand an meinem Rücken und drückt mich zur Seite auf die Sitzfläche der Couch.

Seine Hände krallen sich in meine Haare, wühlen, kneten und ziehen den Kopf daran in den Nacken.

Während er mit seinen Lippen und der neugierigen Zungenspitze meinen Hals erkundet, schiebt er sich gänzlich über mich und presst sein Becken hungrig gegen meines.

»Wayne.« Es klingt wahnsinnig sexy, wie Björn meinen Namen knurrt, doch genau das weckt mich aus der Trance des Kusses.

Wir halten beide schwer atmend inne.

Unsere Nasenspitzen sind nur wenige Millimeter voneinander entfernt.

»Ich ...« Ich löse den Blick von Björn, schaue zur Zimmerdecke und spüre Björns Finger zärtlich über meine Wange streichen.

»Dir geht es zu schnell, oder? Es tut mir leid, Wayne. Ich wollte dich nicht bedrängen.«

»Hast du nicht. Ich wollte das ja auch. Will es noch. Aber ...« Ich hole tief Luft und stoße sie seufzend wieder aus. »Aber ich hab noch nie ... Ich hatte noch keinen Freund und ...«

»Schscht.« Björns Stimme flüstert beruhigend über meine Haut. »Wir lassen es langsam angehen, ja?«

Ich schaffe es nur, zu nicken.

»Aber du spürst diese heftige Anziehungskraft zwischen uns auch, oder?«

Wieder ein Nicken. »Ich will dich, Björn. Willst du mein Freund sein?«

»Ja, Wayne. Ich möchte sehr gern dein fester Freund sein.« Björn strahlt wie die Sonne am Himmel und haucht mir noch einen Kuss auf den Mund, bevor er sich langsam von mir erhebt. Als er auf meinen Unterschenkeln zum Sitzen kommt, schaut er sich suchend um und horcht. Dann schnappt er sich einen kleinen Zettel vom Couchtisch, der unter einem Schokoriegel liegt. Auf einmal heben und senken sich seine Schultern in schneller Folge, sein Gesicht verzieht sich zu einer Grimasse und dann platzt ein herrliches Lachen aus ihm heraus.

Ich kann nicht anders und muss mitlachen. Es ist unheimlich ansteckend und wir können uns nur langsam beruhigen.

»Was war denn? Warum hast du so gelacht?«

»Du hast doch auch gelacht.«

»Aber doch nur, weil du mich mit deinem Lachen angesteckt hast!«

»Du weißt nicht, warum ich lache?«

»Nein. Komm schon Björn, sags mir!«

Er schwenkt den Zettel in der Luft, bevor er ihn zu mir herumdreht.

›Wenns mal wieder länger dauert‹, steht darauf. Daneben ein großer Smiley und darunter ist angefügt ›wir sind drüben, bei Chris.‹

Kapitel 9

Wer heiratet denn jetzt?

Björn

Seit einer halben Stunde sind wir bei Chris in der Wohnung und Wayne und ich müssen den zugegebenermaßen freundschaftlichen Spott der anderen über uns ergehen lassen.

Chris hat wiederholt versucht, seinen Vater Mike zu erreichen, da wir immer noch nicht wissen, wer Robin und Gino das Ehegelübte abnehmen könnte. Mike oder sein Partner, Tyler.

Robin und Gino sitzen eng beieinander auf dessen Sofa und unterhalten sich lautstark mit Chris, während André Wayne über die Produktion von Gummibärchen Löcher in den Bauch fragt.

Ich nutze den Moment, um mir im Bad Wasser ins Gesicht zu spritzen. Ich stütze mich mit den Händen am Waschbeckenrand ab und betrachte im Spiegel aufmerksam, wie sich ein paar Wassertropfen den Weg von meiner Stirn, zwischen den Augen entlang nach unten bahnen und sich von der Nasenspitze ins Becken stürzen. Es kommt mir vor, als hätte sich mein Leben innerhalb von vierundzwanzig Stunden vollkommen gedreht und würde nun als Tropfen in Zeitlupe im freien Fall verharren.

Noch vorgestern dachte ich, alles im Griff zu haben. Doch dann ist Wayne in mein Leben gestolpert und nun überlege ich ernsthaft, wie ich mein Leben mit ihm teilen könnte. Ich weiß nicht einmal, ob er überwiegend in seiner oder meiner Welt lebt, in welcher Stadt er arbeitet und er kann ja nicht einfach seinen Job wechseln. Ich habe keine Ahnung, wo die nächste Gummibärchenfabrik steht. Gooott, als ob das meine einzige Sorge wäre. Ich bin nun sein fester Freund, doch kann ich mir nicht ansatzweise vorstellen, wie das Leben mit einem Gummibärchenwandler sein wird. Wann und wie oft er sich wandelt. Kann ich ihn irgendwie kaputt machen oder ihn in lebensbedrohliche Situationen bringen? Mir entweicht ein tiefes Seufzen.

Mit einem Mal bemerke ich ein leises Geräusch. So etwas wie ein gedämpftes ›wuuuusch‹. Als ich wieder in den Spiegel blicke, nehme ich in der Dusche hinter mir eine Gestalt wahr, und wirbele erschrocken herum.

»Aaaaalter! Willst du mich umbringen? Scheiße Tyler! Ich hätte auf der Toilette sitzen können und du platzt hier einfach so rein?« Das stakkatoähnliche Hämmern meines Herzens ebbt nur langsam ab.

»Ähm«, räuspert er sich und zuckt mit den Schultern. »Sorry? Ich hab mich einfach auf die größte Wasseransammlung in der Wohnung konzentriert und das war anscheinend die Pfütze in der Dusche.« Tyler fährt mit einer Hand durch seine Haare. »Bist du fertig? Gehst du mit raus? Mike dürfte auch schon da sein.«

Im Wohnzimmer drückt mir Wayne eine Tasse Kaffee in die Hand und haucht mir einen Kuss auf die Wange. »Gehts dir gut? Du bist so blass.«

Noch bevor ich antworten kann, betritt Tyler ebenfalls mit einer Tasse Kaffee den Raum und schaut zu uns herüber. »So so, Björn. Du willst also tatsächlich heiraten?« Ein breites Grinsen zieht sich über sein Gesicht. »Hätte nicht gedacht, dass ihr so schnell Nägel mit Köpfen macht. Du hättest mir deinen Verlobten bei der letzten Party ruhig schon mal vorstellen können.«

Alle Köpfe schießen zu uns herum.

»Ähm.« Gino räuspert sich und stemmt die Fäuste in die Seiten. »*Wir* wollen heiraten! Robin und ich!«

Tyler zieht die Stirn kraus und blickt langsam von mir zu Gino und wieder zurück. Er zieht eine Augenbraue zeitlupenartig nach oben und seine Augen spiegeln Skepsis wider. »Okaaaay.« Sein Blick bleibt auf mir haften, während er zu den beiden Wandlern hinüber geht. Noch bevor er ihnen seinen Kopf zudreht, beginnt er zu reden. »Na gut. Habt ihr schon eine Location ausgesucht? Wisst ihr, wie ihr die Zeremonie gestalten wollt?«

»Also,...« Gino reibt seine Handflächen über die Hose. »Wir haben uns erstmal darauf konzentriert einen Portalmeister zu finden, damit wir überhaupt heiraten können.«

»Ein Ort, der mit Früchten zu tun hat, wäre toll.« Robin tippt sich mit dem Finger an die Nase. »So etwas wie eine Obstbaumplantage oder eine alte Markthalle, die wir mit Früchten dekorieren können.«

»Ich habe eine Idee!« Der Satz kommt einstimmig von Mike und Chris, während sich die beiden ansehen und gleichzeitig anfangen zu lachen.

»Wollt ihr euch überraschen lassen? Sollen wir euch eine Location und die Gäste organisieren, während ihr die Zeremonie mit Ty besprecht?« Chris schaut die beiden Wandler erwartungsvoll an.

Robins Augen leuchten. »Das finde ich prima. Du auch, Liebling?«

Gino überlegt einen Moment, doch dann meint er: »Ja, lasst es uns so machen. Aber Gäste brauchen wir eigentlich keine. Wir hatten die Zeremonie im ganz kleinen Rahmen angedacht. Wenn ihr möchtet, dann würden wir uns freuen, wenn ihr mit uns feiert. Aber mehr Gäste müssen es nicht sein. Oder, mio caro?«

»Ich stimme dir vollkommen zu.«

»Okay.« Chris strahlt und seine Augen funkeln abenteuerlustig. »Komm, Papa. Wir haben eine Hochzeitszeremonie zu organisieren!«

Kapitel 10

Brainstorming

Björn

»Dich hats richtig erwischt, oder?«, raunt André mir zu und schiebt mich auf den Balkon.

Wir haben Ty mit dem Liebespaar in Chris´ Wohnung alleine gelassen, damit sie in Ruhe den Ablauf der Zeremonie besprechen können und vor allem nichts von unseren Planungen mitbekommen. Chris und Mike haben sich zum Planen an einen ruhigen Ort verzogen, wo auch immer dieser sein mag. Immerhin können sie überallhin portieren und den beiden traue ich es durchaus zu, dass sie eine Picknickdecke auf der Chinesischen Mauer ausbreiten, um fernab jeglichen Trubels Brainstorming zu betreiben.

»Hhmm. Ich glaube schon.«

»Wovor hast du Angst?«

»Seit wann kennst du mich so gut? Seit du mit Chris zusammen bist, bin ich doch abgeschrieben.«

»Ich sehe es dir an. Chris hat sich auch schon Sorgen gemacht, weil du so still bist. Sonst quasselst du immer, als hättest du einen Wasserfall gefrühstückt. Und dass du abgeschrieben bist, stimmt nicht. Sei nicht eingeschnappt, nur weil wir zwei Mal unseren Spieleabend absagen mussten. Wir sehen uns doch trotzdem mehrmals in der Woche.«

Ich stütze mich neben André mit den Unterarmen auf der Balkonbrüstung auf und schließe kurz die Augen. »Ich will keine Affäre. Ich möchte den Traumprinz. Von mir aus auch ohne Pferd und Königsschloss. Aber er soll bleiben. Ich möchte einen Partner. Keine schnelle Nummer.«

»Und Wayne könnte nicht dieser Traumprinz sein?«

»Vielleicht. Er hat mich gefragt, ob ich sein fester Freund sein möchte.«

»Und willst du?«

»Jaaaaa.« Ein tiefes Seufzen entweicht meiner Kehle. »Aber er wohnt doch gar nicht hier. Die drei sagten etwas von einer langen Anreise. Ich weiß nicht einmal, wo die Fabrik ist, in der er arbeitet oder wo hier die nächstgelegene ist. Du hast doch gehört, dass Gummibärchenwandler nur in der Gummibärchenproduktion arbeiten.«

»Da hast du wohl nicht richtig zugehört? Ja, sie arbeiten in der Produktion. Aber hauptsächlich sind sie für die Wahrung der Geheimnisse und der Zutaten zuständig. Und vielleicht ist der Fruchtgummimarkt ja noch gar nicht ausgeschöpft?«

»Wie meinst du das?«

»Ach Björn. Schätzchen, du kennst doch selbst so viele Sorten von Fruchtgummis. Vielleicht kann Wayne ja neue Sorten entwickeln. Irgendwas, was es noch nicht gibt. Cocktail-Gummibärchen zum Beispiel.« André lacht und boxt mir spielerisch gegen den Oberarm. »Dabei könntest du ihm doch super helfen. Hast du nicht mal als Barkeeper gearbeitet?«

»You are a bartender? Really?« Wayne kommt auf den Balkon und schmiegt sich gleich an meine Seite. Das Gefühl ist irre. An den Stellen, an denen er mich berührt, scheint die Haut zu verglühen und eine Gänsehaut überzieht meinen Körper. Alle Nervenenden jubilieren, als Waynes Lippen meine Schläfe berühren.

»Ich hab mal als Barkeeper gearbeitet, ja. Jetzt nicht mehr.«

»Cool. I love Cocktails so much! Bitte, kannst du mir später einen machen?« Waynes Augen leuchten.

Selbst wenn ich wollte, ich könnte ihm nichts abschlagen. Und Zutaten für Drinks habe ich immer einige zu Hause vorrätig.

»Wir haben uns gerade über Gummibärchen mit Cocktailgeschmack unterhalten. Hast du so etwas schon irgendwo gesehen?« André kann seinen Mund nicht halten.

Ich verdrehe die Augen, doch Wayne horcht sofort auf.

»Nein. Von solch einer Sorte habe ich noch nichts gehört. Aber das klingt großartig.« Er läuft auf dem Balkon umher und kratzt sich am Kopf. »Just imagine ... little Pina Coladas. Gummibärchen mit Ananas-Kokos-Geschmack in Form eines kleinen Cocktails.«

»Oder ›Sex on the beach‹ mit Pfirsich-Cranberry-Geschmack.« André schmunzelt. »Na, Björn. Was ist dein Lieblingscocktail?«

Ich grummele. Mir ist noch nicht ganz klar, worauf dieses Gespräch hinauslaufen soll. »Mojito.«

Wayne hält sofort inne und klatscht in die Hände. »Oooohh. Minze-Limette. Delicious!«

»Hol doch mal einen Zettel und schreib das mit. Ohne Mike können wir mit der Hochzeitsplanung sowieso nicht weitermachen. Also können wir die Zeit auch kreativ für andere Projekte nutzen und ein bisschen Brainstorming betreiben.«

Wayne hüpft sofort voller Begeisterung ins Wohnzimmer, um etwas zum Schreiben zu suchen.

»Welches Projekt? Was soll das werden, André?«

»Das Projekt ›Liebe für Björn‹, was sonst?« Schon wieder funkelt er mich mit seinen verdammt grünen Augen an.

Als Mike und Chris endlich wieder zurückkehren, haben wir zusammen mit André bereits sechs Cocktails gefunden, deren Geschmacksrichtung man als Gummibärchen herstellen könnte.

Wayne ist bereits so angefixt von dieser Idee, dass er Zutatenlisten erstellt und unverständliches Zeug vor sich hin brabbelt.

Ich sitze eine Zeit lang nur still da und kann meine Augen nicht von ihm lassen. Studiere seine Gesichtszüge, seine Mimik, die sich bewegenden Lippen, die ich am liebsten sofort wieder auf meinen spüren möchte.

Mike reißt mich aus meinen Gedanken. »So. Geschafft. Ich habe eine Location. Wayne, du musst mir sagen, wie du sie findest und ob es was für deine beiden Freunde wäre. Die Überraschung soll ja gelingen.« Als Wayne nickt, fährt Mike direkt fort. »Ein Kumpel von mir arbeitet als Kellermeister in einer Cassislikörfabrik in Dijon. In der Fabrik gibt es eine Lagerhalle, die ab nächster Woche in eine andere Nutzung umgewidmet werden soll. Dazwischen steht sie zwei Tage leer. Bisher wurden dort Säcke mit getrockneten Johannisbeeren gelagert. Es riecht dort himmlisch danach.« Mike schaut Wayne erwartungsvoll an. »Meinst du, das könnte Robin und Gino gefallen? Nach der Zeremonie in Dijon könnten wir entweder in einem Weinberg an der Mosel feiern oder in einer Obstbaumplantage. Ich kenne jemanden, der ein ausgezeichnetes Catering anbietet. Der würde mit Sicherheit ein ausgefallenes Picknick für uns herrichten.«

Mikes Vorschlag ist einfach sensationell.

Wayne springt auf und umarmt ihn spontan. »Mike, that sounds great! Die beiden werden begeistert sein. Fruchtig und unkonventionell!«

»Aber wie kommen wir alle dorthin?« Die Frage rutscht mir heraus, bevor ich darüber nachdenken kann.

Chris schaut mich mit hochgezogener Augenbraue an. »Das hast du nicht wirklich gefragt?«

»Wir sind zu acht und haben drei Portalmeister unter uns und André. Also kann jeder Portierende einen Nicht-Portierenden mitnehmen. Besser gehts doch gar nicht«, erklärt Mike und lächelt verschmitzt. »Notfalls könnten Ty und ich euch alle mitnehmen.«

Kapitel 11

Kennenlernen

Wayne

Björn und ich sitzen, jeder mit einem Becher Eis bewaffnet, in einem kleinen Park in der Nähe von Björns Wohnung.

Die Anderen haben uns quasi rausgeworfen, mit der Begründung, dass wir bei der weiteren Planung der Hochzeit nicht helfen könnten und eigentlich nur noch Absprachen zwischen Mike und seinen Kumpels zu tätigen seien.

So gesehen stimmt das, doch ich glaube, sie wollen Björn und mir die Gelegenheit geben, uns besser kennenzulernen. Uns Zeit zu zweit verschaffen.

Da es zum Frühstück nur Kaffee gab, haben wir uns beim Bäcker jeder ein belegtes Brötchen geholt und beschlossen, den Nachtisch, in Form von Eis, im Park zu verspeisen.

Ich fürchte mich ein wenig vor dem Kennenlernen. Ich würde sehr gerne mehr über diesen wunderbaren Menschen herausfinden. Immerhin ist er ja jetzt mein fester Freund. Mein inneres Gummibärchen ist ganz aufgeregt und signalisiert mir freie Bahn für eine dauerhafte Beziehung. Etwas, das ich noch nie hatte, das ich mir aber sehnlichst wünsche.

Bislang bin ich in der Welt herumgezogen, habe vieles ausgetestet, Neues ausprobiert, Neugier befriedigt und viel gelernt. Doch ich war rastlos, fühlte mich getrieben. Bei Björn fühle ich mich seit der ersten Minute angekommen. Ich spüre aber seine Unsicherheit und ich weiß nicht, ob er mich langfristig so akzeptiert, wie ich bin. Ob er mit einem Gummibärenwandler umgehen kann und will. Wir sind verspielt, gehen oft mit kindlicher Naivität durchs Leben und doch nehmen wir die eigenen Bedürfnisse ernst und denken manchmal zu viel nach, auf dem Weg ins Erwachsenwerden.

»Wo wohnst du eigentlich? In welcher Gummibärchenproduktion arbeitest du? Ist das weit weg?« Björns Stimme zittert ein wenig. Sein Löffel, auf dem ein Klecks Himbeereis dahinschmilzt, verharrt einen Moment über dem Becher.

Ich muss mich erst räuspern, bevor ich antworten kann. Björn steigt zielsicher mit der verfänglichsten Frage ein.

»Ich ... ähm ... ich bin erst letzte Woche aus England gekommen. Ich habe mich dort nicht mehr wohlgefühlt und wollte nun hier Fuß fassen. Doch ich bin auf die Hilfe von Robin und Gino angewiesen. Sie haben die notwendigen Kontakte. Deswegen bin ich den beiden gefolgt. Es war ein großer Zufall, dass wir uns begegnet sind. Ich hätte sie sonst mühsam suchen müssen. Durch Zufall habe ich noch einen Platz in einer früheren Maschine bekommen. Hätte ich den späteren Flieger nehmen müssen, wie geplant, wären Robin und Gino schon weg gewesen und ich hätte ihnen nicht folgen können.

»Du bist also arbeitslos?«

Mein Herzschlag stockt. *So sieht er mich? Als Arbeitslosen? Wahrscheinlich denkt er, ich bin ein Herumtreiber und will deswegen sicher nichts mehr mit mir zu tun haben.* »Ich ... also ... wenn du das so sagst. Ja, das bin ich wohl.« Ich atme tief durch, schlucke die aufkommende Beklemmung weg und versuche, halbwegs stilvoll aufzustehen. »Dann gehe ich jetzt wohl besser?« Ich traue mich endlich, ihm in die aufgerissenen Augen zu sehen. »Ich will nicht, dass du das Gefühl hast, ich würde dich ausnutzen oder ...«

»Bitte bleib!« Björn greift nach meiner Hand, stellt den Eisbecher hastig ins Gras und zieht sich hoch. »So war das nicht gemeint, Wayne. Ich wollte dir nichts unterstellen oder dich bewerten. Ich ...« Er zögert, nimmt aber dann mein Gesicht in beide Hände und schaut mir in die Augen, als würde er darin etwas suchen. »Ich wollte es nur wissen, weil ...« Björns Stirn legt sich an meine und ich bilde mir ein, selbst dort das schnelle Wummern seines Herzschlags zu spüren. »Ich mag dich, Wayne. Du bringst meine Schmetterlinge zum Fliegen. Ich glaube, ich bin auf dem besten Weg, mich heftig in dich zu verlieben.« Mehr als ein Flüstern schafft er nicht. »Ich habe nur Angst, meine Gefühle zuzulassen und dann bist du wieder weg und lässt mich hier alleine zurück.« Er holt tief Luft, bevor er weiterspricht. »Wenn du hier leicht Arbeit finden oder Fuß fassen könntest, wäre es viel leichter für uns, als wenn du einen Job im Ausland hättest. Verstehst du, was ich meine? Ist das sehr egoistisch von mir, so zu denken?«

Nach diesen Worten werde ich von Leichtigkeit und Erleichterung durchflutet. Er möchte, dass ich bei ihm bleibe? Nichts leichter als das! Ich merke, wie meine Schultern beginnen, zu zucken und tief in mir löst sich ein befreiendes Lachen.

Björn schaut mich entgeistert an und will einen Schritt zurücktreten, doch ich halten ihn bei mir.

»Das ist alles? Du hast Angst, dass ich gehen muss?«

Er nickt zaghaft. Sein Blick ist beherrscht von Unsicherheit und Skepsis. Er versteht meine Erleichterung nicht.

»Ich bleibe gern! Ich möchte wirklich dein fester Freund sein. Oh, Cutie. Was denkst du, warum ich die Idee von André mit den Fruchtgummis in Cocktailform so toll fand? Ich könnte mich damit selbständig machen. Robin und Gino haben bestimmt Kontakte, die mir dabei helfen können. Das schafft mir die Basis, um bei dir bleiben zu können.«

Ich kann dabei zusehen, wie die Anspannung aus Björns Miene weicht. Wie die Skepsis bröckelt und in großen Stücken auf den Boden fällt.

Er schiebt sich ganz nah an mich. Legt mir eine Hand in den Rücken, mit der anderen Hand packt er mich am Hinterkopf. Dann geht alles ganz schnell. Unsere Lippen prallen aufeinander, die Zungen schnellen hervor, liefern sich ein Gefecht, ringen miteinander. Können nicht genug voneinander bekommen.

Wir lösen uns erst, als wir keine Luft mehr bekommen. Schwer atmend stehen wir im Schatten der Bäume im Park. Schauen uns an. Grinsen schwer verliebt.

»Ich will dich, Wayne. So sehr.« Björn nimmt meine Hand und zieht mich mit sich. Vergessen sind das Kennenlernen und die Eisbecher. »Komm mit.«

Kapitel 12

Angekommen

Wayne

Zurück in Björns Wohnung erwartet uns wieder ein Zettel, dieses Mal mit der Info, dass alle ausgeflogen sind. Kein Wunder, die Anderen hatten bis zu unserem Rauswurf auch noch nichts gegessen.

Björn und ich grinsen uns gefühlt zwei Sekunden an, bevor unsere Münder aufeinanderprallen und in einem wilden Kuss verschmelzen. Wir schieben und drücken wir uns gegenseitig im Flur von einer Wand zur anderen, bis es mir zu bunt wird.

Björn ist rund fünf Zentimeter kleiner als ich.

Ich packe ihn an seinem Po und hebe ihn hoch.

Er stößt ein entzückendes Quietschen aus, bei dem mein inneres Gummibärchen Luftsprünge macht.

Eilig und ohne die Leidenschaft unseres Kusses zu unterbrechen, trage ich meine Eroberung ins Schlafzimmer. Ich lege ihn vorsichtig auf dem Bett ab, streife meine Schuhe von den Füßen und schiebe mich über ihn.

Björn knurrt, legt mir ein Bein um die Taille und rollt uns mit Schwung herum, sodass ich nun unten liege. Er will mich toppen? Da ich noch nie mit einem Mann so weit gegangen bin, bin ich mächtig nervös und aufgeregt und ... scheiße ist mir schlecht.

Björn scheint genauso aufgeregt zu sein. Er sitzt auf mir und reißt sich das Shirt vom Leib. Gleich darauf bin ich meines ebenfalls los.

Schneller als ich ›Hose‹ sagen kann, hat er uns beide von ebendiesen befreit. Splitternackt liege ich auf seinem Bett und Björns flammender Blick scannt mich von oben bis unten ab, setzt jeden Zentimeter Haut in Brand. O Gott. Meine Lider flattern.

Seine Zunge befeuchtet die Lippen. Als ob er den eben selbst ausgelösten Flächenbrand mit ihnen löschen könnte. Björns Blick bohrt sich in meinen und nimmt mich gefangen, während seine Zunge über meine Lenden leckt.

Etwas, das sich wie ein zischendes Stöhnen anhört, löst sich aus mir. Ich bin nicht mehr Herr meiner Sinne.

Dieser Kerl ist purer Sex und ich bin sein willenloses Spielzeug.

Mein Rücken drückt sich ganz von alleine durch und mein Kopf möchte nur noch in den Nacken fallen, doch ich schaffe es nicht, meinen Blick von Björn zu lösen.

Er zieht mit seiner Zunge Kreise auf meinen Lenden und über meinen unteren Bauch und streift mit seiner Kehle hauchzart meinen zuckenden Schwanz. Als er meine Oberschenkel packt und anhebt, bin ich verloren. Björn verwöhnt mich mit Lippen, Zunge und Fingern, bis mein inneres Gummibärchen vibriert.

Ich scheine nur noch aus einer wabbeligen Gummimasse zu bestehen. Ein Gummibärchen in Menschengröße. Himmel, was macht er bloß mit mir?

Auf einmal ist er weg und mir entkommt ein enttäuschtes Schluchzen, das sofort von ihm weggeküsst wird. Björn ist wieder über mir und zieht eine Spur heißer Küsse von meinem Mund bis zu meinem Ohr. »Willst du mich, Wayne?«

»Yes, please.« Ich schaffe es nur, wimmernde Stammellaute von mir zu geben. »Aber Björn. Baby ... ich hab noch nie ...«

Er schaut mich zärtlich an und streichelt sanft meine Wange. »Keine Angst. Ich bin vorsichtig. Wenn ich aufhören soll, kannst du mich jederzeit stoppen. Okay?«

Ich nicke nur und lasse meinen Blick hungrig über ihn gleiten.

Als er kurz weg war, muss er die Sekundenbruchteile genutzt haben, um Gleitgel zu holen, das er nun in rauer Menge in meiner Spalte verteilt und in meinen Ringmuskel einmassiert.

Als seine Finger erneut von mir ablassen, zieht er sich ein Kondom über, platziert seine Eichel vor meinem Eingang und schiebt sich unendlich langsam, aber ohne weitere Verzögerung in mich. Und - O Gott - das ist das großartigste Gefühl seit ... immer.

Ich liebe es, Björn knurren zu hören.

Als er bis zum Anschlag in mir steckt, hält er einen Moment inne.

»Gehts dir gut?«

»Hmmm.« Es brennt und fühlt sich unglaublich seltsam und voll an, aber so unheimlich gut. Ich bereue nicht, dass ich so lange gewartet habe. Als hätte ich mich unbewusst für Björn aufgespart.

Er beugt sich langsam zu mir herunter, versenkt seine Nase in meiner Halsbeuge, atmet tief ein und saugt sich dann fest.

Holy jelly bear!

Ich schaffe es gerade noch rechtzeitig, mich in der Matratze festzukrallen, bevor Björn sich langsam aus mir herauszieht und wieder zurückgleitet. Und raus und wieder rein. Quälend langsam.

Erst als ich mich vor Lust auf dem Bett winde und nicht weiß, wohin mit meinen Gefühlen, erhöht er langsam das Tempo und stößt seinen Schwanz immer schneller in mich.

Ich stöhne, schreie, wimmere ... vergebens. Er hat kein Erbarmen mit mir, treibt mich fast bis zur Besinnungslosigkeit.

Als erste Schweißperlen von seiner Stirn auf mich tropfen, packt er meine Erektion und beginnt im Rhythmus der Stöße zu pumpen.

Das ist zu viel für mich. Ich kapituliere und ergebe mich zuckend in einem Orgasmus, der seinesgleichen sucht. Ich höre, wie Björn das Ergebnis seines Höhepunkts mit einem

Donnergrollen in mich pumpt, dann gehen bei mir die Lichter aus.

Kapitel 13

Zwischen Cassis, Weintrauben und Wahnsinn

Björn

Die Zeremonie, die zwei Wochen später in der Cassislikörfabrik stattfindet, ist traumhaft und berauschend. Letzteres am meisten durch das alles vereinnahmende, himmlische Aroma der Johannisbeeren.

Gino ist so aufgeregt, dass er sich vor lauter Nervosität vor der Zeremonie mehrfach wandelt, was wiederum zu großer Verwirrung führt. Letztendlich muss Tyler ihn hypnotisieren, um den Schluckauf wegzubekommen, der durch das unkontrollierte Wandeln entsteht.

Jetzt ist alles geschafft. Robin und Gino sind endlich verpartnert und überglücklich.

Mike hat alles hervorragend organisiert und dekoriert und Tyler hält eine Zeremonienrede, die so ergreifend ist, dass wir alle Tränen in den Augen haben. Nach dem offiziellen Akt und dem Ringtausch portieren die Portalmeister mit uns zu dem vorbereiteten Picknickplatz in den Weinbergen hoch über der Mosel.

Hier liegen wir nun auf Picknickdecken mit bunten Kissen und perfekt hergerichteten Speisen und Getränken.

»Das hier ist so viel besser als eine große Feier mit Hunderten von Gästen.« Chris schwärmt, legt sich neben seinen Freund und füttert diesen mit roten Weintrauben. Den absoluten Höhepunkt des Picknicks bildet der dreistöckige Naked Cake, dessen Böden in allen Gummibärchenfarben leuchten und der mit orangenen, weißen und gelben Gummibärchen verziert ist. Ganz obenauf stehen ein rotes und ein grünes Gummibärchen in einem gelben Fruchtspiegel.

Wayne schleicht bereits seit über einer halben Stunde lippenleckend um diese wundervolle Torte herum, die, wie ich finde, viel zu schade zum Anschneiden ist.

Außerdem wundere ich mich, dass André und Chris sich nicht schon längst die beiden Gummibärchen an der Spitze des Kuchens geschnappt haben. Aber das trauen sie sich anscheinend tatsächlich nicht.

Auch Tyler beginnt zu drängeln. »Leute, wie ist das mit der Torte? Wird die heute noch angeschnitten oder ist das nur Deko?«

Mike lacht lauthals. »Oh, Ty, mein Schatz, du bist so ein Süßmäulchen.«

Ich kann nicht anders und muss mitlachen. Dieser ulkige Kosename passt so gar nicht zu diesem riesigen Kerl und doch passt er haargenau. Tief drinnen ist er sanftmütig und wenn man ganz genau aufpasst, bekommt man ab und zu ein paar zärtliche Momente zwischen ihm und Mike mit. Es wundert mich ehrlich gesagt, dass die beiden sich nach ihrer Versöhnung nicht direkt verpartnert haben. Vermutlich werden sie die Nächsten sein, deren Zeremonie wir feiern.

Als Gino und Robin zur Torte schreiten, bekomme ich mit, wie sich André zu Chris hinüberbeugt. »Jetzt bin ich gespannt, wer die Hand oben und somit die Hosen an hat«, raunt er.

Robin stellt sich hinter seinen Partner und weist ihn leise aber bestimmend an »Gino, anschneiden!«

Gino verdreht lustvoll die Augen und stöhnt fast unhörbar.

Es dauert nur Sekunden, bis alle lauthals loslachen, und André japst »Bestes Torte Anschneiden ever! Wer hätte gedacht, dass Robin ein Gummibärchen-Dom ist?«

Von der Torte ist schnell nicht mehr viel übrig. Auch der Rest des Picknicks ist nach zwei Stunden recht übersichtlich.

»Okay, ihr Buffetfräsen, wer will noch einen Sekt?« Gino schnappt sich die Flasche aus dem Kühler und lässt den Korken mit einem lauten Plopp fliegen.

»Was ist eigentlich mit den Blumen?«, will André wissen, während er Gino sein Sektglas zum Füllen hinhält.

»Welche Blumen?«

»Na, ist es nicht Brauch, dass der Hochzeitsstrauß geworfen und so das nächste Paar ermittelt wird, das heiratet?«

»Wir haben aber keinen Strauß.«

André verzieht missmutig das Gesicht. »Warum nicht?«

»Schatz.« Chris grätscht dazwischen. »Wenn du mich unbedingt heiraten möchtest, dann brauchen wir kein Grünzeug. Frag mich doch einfach!«

Sein Freund verschluckt sich fast am Sekt. »Aber ... och Menno. Ich wollte so gerne den Strauß fangen.«

»Wir haben noch eine Packung Gummibärchen.« Robin hält triumphierend die angesprochene Packung hoch. »Die könnten wir werfen. Statt der Blumen.«

»Hhhmm... Okay.« André ist noch nicht überzeugt und grummelt vor sich hin. »Besser als gar nichts. Aber der Brauch ist mit Blumen.«

»Vuoi dei fiori? Du bekommst Blumen!« Gino rupft entschlossen mehrere Gänseblümchen aus der Wiese, zupft ein Gummibärchen von der Torte und leckt es an. Dann drückt er den glitschigen Fruchtgummi zwischen Daumen und Zeigefinger platt, klebt ihn auf die Tüte und pappt die Blümchen am Gummibärchen fest. »So. Jetzt können sie fliegen. Mit der Packung. Stellt euch auf!«

Mit kindlicher Freude drängeln sich alle sechs, außer Tyler und mir, in einer Reihe, schubsen sich, lachen und versuchen, sich einen Vorteil zu verschaffen.

Ich befinde mich drei Schritte dahinter, während Ty mit verschränkten Armen und hochgezogener Augenbraue neben Gino steht, der ihn missbilligend anschaut.

»Willst du nicht...«

»Nein!«

»Okaaaay.« Gino geht in die Hocke und schwingt den Arm.

Tylers Blick schweift zu mir. Fragend.

Ich schüttle den Kopf. Ich bin glücklich mit Wayne. Und das Glück muss man ja nicht unbedingt herausfordern, indem man sich auf Teufel komm raus um einen Hochzeitsstrauß prügelt.

Doch das Schicksal hat seine dollen fünf Minuten und prompt klatscht mir die Packung Gummibärchen ins Gesicht.

Ich hole vor Schreck hektisch Luft und verschlucke mich fast an einem eingeatmeten Gänseblümchen, das mit dem Gummibären an der Packung klebt.

Die anderen drehen sich herum und schauen mich entgeistert an.

Wayne löst sich aus der Gruppe und hüpft mir Hände klatschend entgegen. »Du hast den Strauß gefangen, Babe. Wie cool ist das denn? Das ist ein Zeichen!« Er umarmt mich liebevoll, drückt mir einen langen, versöhnlichen Kuss auf die Lippen und hebt meine Laune wieder etwas an.

»Ja ja ... ein Zeichen des Wahnsinns wahrscheinlich.« Ich reibe mir grummelnd die Wange, auf die die Tüte geklatscht ist.

»Ach quatsch. Es ist höchstens Wahnsinn, wie wir uns gefunden haben. Ich lieb dich Björn, so sehr!«

»Ich liebe dich auch, jelly bear.« Ich ziehe meinen Traumprinzen zu mir heran und verwickle ihn in einen langen Kuss. Unsere Zungen umspielen sich zärtlich und ich liebe das Gefühl, wie Wayne sich an mich schmiegt. Erst Minuten später lösen wir uns schwer atmend voneinander.

»Tyler, wann hast du Zeit für unsere Zeremonie?« Wayne lacht und springt auf meine Arme. Ich ächze unter seinem Gewicht, doch ich schaffe es, ihn zu halten. Er kanns einfach nicht lassen. Aber dafür liebe ich ihn.

ENDE

***

Danksagung

Ohne Hazel Klein (hazelklein_autorin) hätte ich nie am OpenNovellaContest teilgenommen. Sie hat mich überredet, angespornt, mitgelesen und Tipps gegeben. DANKE Hazi! Ohne Dich hätten diese Geschichten nie das Licht der Welt erblickt.

Danke, lieber Björn (love_is_love_books), dass Du mir Pate gestanden hast, für den Nachbarn. Und ... Chucky, die Mörderpuppe war Deine Idee, oder?

Danke, liebe Conni von Lektorat Fidelitas fürs professionelle Testlesen und die wichtigen Fragen, die hierbei aufgekommen sind und beantwortet werden wollten. Du hast das Manuskript wieder rund gemacht.

Danke, an alle Testlesenden und Bloggenden, die sich auf die abenteuerliche Reise eingelassen und meine erste Fantasy-Geschichte gelesen und auf Herz und Spiegel geprüft haben. Ich hoffe, ihr könnt weiterhin bedenkenlos Gummibärchen essen :-).

***

Weitere von Antonia Sandmann erschienene Titel:

SCHMETTERLINGSTANZ

Seitdem sich ihr Ex-Freund vor ein paar Jahren von ihr in einer traumatischen Situation getrennt hat, schottet Berenika ihre Gefühle ab, aus Angst erneut verletzt zu werden.
Da tritt der attraktive Australier Jason in ihr Leben, der sich Hals über Kopf in sie verliebt. Er versucht alles, um Berenikas Herz zu gewinnen, doch in drei Monaten muss er wieder zurück nach Australien. Berenika hat Angst, dass er sie dann mit gebrochenem Herzen zurücklässt.
Sie muss einige schwierige Situationen meistern und erkennt sehr bald, dass sie bereits zu viele Gefühle zugelassen hat, um heil aus der Nummer herauszukommen.

SOMEHOW ELSE

Die langjährige Freundschaft von Rick und Dave wird auf die Probe gestellt, als nebenan eine Frau einzieht.
Jessica ist charismatisch, ausgeglichen und bodenständig. Kurz gesagt: Der Traum beider Männer.
Zwischen ihnen entsteht eine unerklärliche Anziehungskraft und sie entscheiden sich, eine Beziehung zu dritt einzugehen.
Doch je näher sie sich kommen, desto mehr muss sich Rick mit seinen unterdrückten Gefühlen für Dave auseinandersetzen. Denn Rick steht nicht nur seine konservative Erziehung im Weg, sondern auch die Meinung der Gesellschaft.
Wird er lernen, sich selbst und seine Gefühle zu akzeptieren, oder wird er die Chance auf sein Glück ausschlagen?

CROSSING MY SUBSPACE

Zwei Subs. Zwei Doms.
Heiße Sessions und explosive Orgasmen.
Dann kommt Liebe ins6 Spiel und bringt den Alltag der vier Männer mächtig durcheinander.
Aber wer mit wem?
Bist du bereit für eine spannende Reise durch BDSM-Sessions, in denen die Luft brennt und die Gefühle vibrieren?
Bereit für Schmetterlinge im Bauch, Tränen und Gefühlschaos?
Dann tauch ein in den Subspace.
Jetzt!

www.ingramcontent.com/pod-product-compliance
Lightning Source LLC
LaVergne TN
LVHW050533160826
845677LV00011B/2017

* 9 7 8 3 9 8 2 6 4 9 1 1 5 *